LEUR MARIÉE ENVOÛTÉE

LA SÉRIE DU MÉNAGE BRIDGEWATER - 3

VANESSA VALE

Copyright © 2019 par Vanessa Vale

Ceci est une œuvre de fiction. Les noms, les personnages, les lieux et les événements sont les produits de l'imagination de l'auteur et utilisés de manière fictive. Toute ressemblance avec des personnes réelles, vivantes ou décédées, entreprises, sociétés, événements ou lieux ne serait qu'une pure coïncidence.

Tous droits réservés.

Aucune partie de ce livre ne peut être reproduite sous quelque forme ou par quelque moyen électronique ou mécanique que ce soit, y compris les systèmes de stockage et de recherche d'information, sans l'autorisation écrite de l'auteur, sauf pour l'utilisation de citations brèves dans une critique du livre.

Conception de la couverture : Bridger Media

Création graphique : Period Images

1

Quand je la vis pour la première fois, je crus à une apparition. La lanterne qui éclairait mal la salle lui faisait des cheveux noirs de jais – elle les avait joliment ramenés en un chignon, mais des mèches récalcitrantes m'invitaient à suivre la courbe élégante de son cou. Sa peau dorée brillait, comme éclairée de l'intérieur. Elle portait une robe modeste d'un bleu pâle qui mettait toutes ses formes en valeur. Des formes très attirantes que je n'étais pas le seul à avoir remarquées – tous les hommes la fixaient du regard tandis qu'elle marchait, dansait et souriait. Mais c'était ses yeux qui avaient finalement eu raison de moi ; il avait suffi qu'elle les pose sur moi pour que je sois irrémédiablement perdu.

Elle avait une allure d'Irlandaise. Je n'avais jamais croisé de femme de ce genre auparavant et ses yeux bleus me frappèrent. Je ne pouvais plus détourner le regard. Les réjouissances de la fête du 4 juillet attiraient toujours beaucoup d'habitants de la région, en particulier dans une ville comme Helena. Les hommes de Bridgewater ne quittaient que rarement leur ranch ; nous ne nous rendions dans le coin que pour affaires. Nos terres nous tenaient bien occupés et nous rendaient suffisamment autonomes. Ian et Kane venaient d'acquérir un nouveau troupeau de bétail et Simon, Rhys et moi devions trouver un étalon de façon à améliorer la lignée des chevaux de Bridgewater. Un de nos objectifs était d'obtenir des chevaux plus robustes et plus rapides – les meilleurs du Montana, tout simplement.

Mais peu importaient ces chevaux. Je voulais – non, je devais – savoir qui était cette femme. Impossible de quitter cette fête sans d'abord entendre sa voix ou poser la main contre ses hanches le temps d'une danse. Je voulais connaître son parfum.

« Invite-la donc à danser, » dit Rhys en s'approchant de moi. Nous n'échangeâmes pas le moindre regard, nous fixions tous deux cette femme charmante qui sirotait une limonade tout en discutant avec deux amies. Elles devaient toutes les trois avoir le même âge, la vingtaine, mais les deux autres n'éveillaient guère mon intérêt. Si l'on m'avait demandé de les décrire les yeux fermés, je me serais trouvé bien incapable de dresser leur portrait. Il n'y avait qu'elle qui me fascinait.

Nous étions au bord de la piste de danse. Les musiciens – deux violonistes, un accordéoniste et un pianiste – ne jouaient pas assez forts pour rendre notre conversation difficile. Plusieurs portes ouvertes laissaient circuler un air frais qui agitaient les jolies mèches sombres de l'inconnue. Je jetai un coup d'œil à Rhys. Il était plus grand – de deux ou trois centimètres – et plus mince que moi. Il avait les cheveux noirs comme ceux de cette mystérieuse femme, mais le travail à l'extérieur lui avait donné un teint hâlé. Il aurait pu passer pour un natif du Montana, mais il ne venait même pas des États-Unis. Tout comme Simon, il était originaire du Royaume-Uni – Simon venait d'Écosse et Rhys d'Angleterre. La graphie particulière de son prénom – que les Américains auraient écrit Reese – était une simple excentricité britannique que je n'avais jamais cherché à comprendre. Rien qu'à les entendre parler tous les deux, il était évident qu'ils étaient étrangers.

La jeune femme sourit.

« Tu ne la trouves pas... »

Je ne trouvais pas le mot juste.

« Unique en son genre ? demanda Rhys. Moi, je la trouve unique. » Aucun doute. Elle seule avait capté notre attention.

« Simon serait sans doute du même avis, si son rendez-vous ne s'était pas éternisé, » lançai-je. Nous étions venus en ville pour acheter un cheval – et non pour danser –, mais il avait été décidé que Rhys et moi ne nous mêlerions pas des négociations. Nous avions donc choisi de profiter des festivités.

« Un rendez-vous ? Un partie de poker sanglante, tu veux dire.

— Les meilleures affaires se concluent toujours à grands renforts d'alcool, de femmes et de partie de cartes.

— Il maîtrise l'alcool et les cartes, mais nous nous sommes dégotté une femme de notre côté, » fit Rhys.

De nous trois, il était toujours le plus silencieux – un homme de peu de mots –, mais ces mots étaient toujours bien choisis et, cette fois, il ne se trompait pas. Il me suffisait d'observer cette beauté aux cheveux noirs pour lui donner raison.

Simon, l'Écossais, était une force de la nature qui ne s'embarrassait pas d'émotions et qui gérait avec aisance les négociations en tous genres. S'il nous avait accompagnés, il aurait sans doute déjà tout détruit sur son passage pour faire connaissance avec cette apparition, sans se soucier de son statut conjugal ou d'une possible aversion pour les inconnus. Cette méthode lui aurait peut-être valu quelque avantage si nous ne nous trouvions pas en pleine soirée dansante, mais cet environnement requérait du tact et il en manquait cruellement.

« Elle n'a l'air de fréquenter un homme en particulier, je ne crois pas qu'elle soit fiancée, » commentai-je, les mains dans les poches. Personne ne retenait longtemps son attention. Son sourire, qu'elle offrait sans retenue aux femmes qui l'entouraient, ne se dessinait que rarement devant un homme et alors seulement par politesse. Je ne comptais certes pas jouer les hommes des cavernes et la jeter par-dessus mon épaule, mais je ne voulais pas non plus rester les bras croisés et la regarder me filer entre les doigts. Les musiciens terminèrent une chanson sous des applaudissements distraits et je saisis l'occasion qui se présentait. Je m'approchai d'elle en la fixant du regard et, quand elle me vit arriver, elle me parut comme prisonnière de ma toile, incapable de détourner le regard ou de fuir. Ses amies de chaque côté d'elle parlaient toujours, mais elle ne s'occupait plus que de moi.

Je m'arrêtai à côté d'elle et les deux autres cessèrent de bavarder, toutes les trois basculaient la tête vers moi – j'étais presque plus grand que tout le monde dans cette pièce. Je les saluai d'un signe de tête, mais je ne la quittai pas des yeux. « M'accorderiez-vous cette danse ? »

Les musiciens entamèrent un nouvel air et les couples se répartirent sur la piste. Je lui pris la main sans lui donner l'occasion de dire non et la menai un peu à l'écart. J'étais peut-être un homme des cavernes après tout. Sa peau était chaude, ses doigts crispés autour des miens. Je me tournai face à elle, me collai plus près et posai ma main libre à sa taille pour lancer notre danse. Ma paume se lova au creux de ses formes délicates, mon petit doigt flirtant avec l'évasement de sa hanche, mon pouce lui caressant la colonne vertébrale. Je sentais les liens solides de son corset et rêvais de découvrir sa chair douce. « Je m'appelle Cross, » dis-je en esquissant mes premiers mouvements. Les pas de cette danse n'avaient rien de complexe et ne nécessitaient aucune attention particulière – une bonne chose, car je ne me souciais que d'elle.

Elle fixait la main qu'elle avait posée sur mon épaule, mais elle osa finalement un coup d'œil vers moi. « Je m'appelle Olivia. Olivia Weston. »

Je lui souris et elle parut tétanisée. Je l'intimidais à ce point ?

« Tu es d'ici, Olivia ? » demandai-je, espérant la mettre à l'aise. J'étais relativement imposant, plus grand que la plupart et plus lourd aussi de quelques kilos. Les femmes me dévisageaient fréquemment, mais rarement parce que je leur plaisais, plutôt parce que je leur faisais peur. Cette main crispée était pourtant le seul indice de l'inquiétude de la part d'Olivia – je ne voulais surtout pas qu'elle me craigne. En fait, je souhaitais qu'elle trouve notre danse très agréable, car je prenais plaisir à me laisser envoûter par son doux parfum.

Elle acquiesça, agitant ainsi ses belles mèches. « Oui, et je suppose que toi non. Je crois que je me serais souvenu de toi. »

Elle avait une voix douce, mais légèrement rauque qui me fouetta le sang.

« Je sors du lot alors ? C'est bon à savoir si c'est un compliment, répondis-je.

— Non, je veux dire... c'est juste... » bégaya-t-elle en découvrant mon regard taquin. Elle ferma la bouche, un petit sourire aux lèvres – je compris qu'elle ne le prenait pas mal.

« De mon côté, je me serais certainement souvenu de toi, si je t'avais déjà vue avant. En fait, je ne t'aurais sans doute plus quittée et tu n'aurais pas pu m'oublier. »

Ses joues s'empourprèrent et elle fit mine d'examiner les boutons de ma chemise.

« Pour répondre à ta question, non je ne suis pas de cette ville. Je viens de Bridgewater, mon ranch, qui se trouve à l'est d'ici. »

Elle se raidit dans mes bras et je crus d'abord que mes mots l'avaient effrayée, mais je compris vitre qu'elle fixait un point juste derrière moi. Elle se rapprocha légèrement et se blottit contre mon bras, comme si elle se servait de moi comme d'un bouclier.

« Un problème ? » demandai-je sans regarder dans la direction qui l'inquiétait. Je restai calme et continuai à danser, mais je me tenais aux aguets, prêt à affronter tous les dangers pour Olivia.

Elle se détendit, s'efforça de sourire et répondit : « Non, tout va bien. »

Quelque chose, non, probablement quelqu'un, l'avait inquiétée, mais elle n'avait aucune raison de m'en parler.

« Nous venons de nous rencontrer, mais j'aimerais que tu me considères comme ton protecteur, Olivia. Je ne te veux aucun mal et je ne laisserai jamais personne t'en faire. »

Elle écarquilla les yeux, surprise. « Tu as l'air de penser ce que tu dis.

— Tu ne penses pas que je puisse te protéger ? » Je ne comprenais pas ses mots.

« Regarde toi. » Elle me désigna du menton. « Tu es... très grand et tu ferais un adversaire coriace. »

Je souris à nouveau. « Oui, je suis très grand et je sais faire bon usage de ma taille. » Je ne pensais pas qu'elle comprendrait le sous-entendu. « Tu n'as pas d'homme pour te protéger ?

— Je vis avec mon oncle, qui est un dragon et qui me protège farouchement. Je n'ai pas une vie palpitante et j'ai rarement besoin qu'on me protège.

— Vraiment ? répondis-je simplement.

— C'est mon oncle qui m'a élevée et il m'a transmis son amour du savoir, de la lecture et des soirées au coin du feu. Je sors peu et je fréquente rarement les fêtes.

— Tu as pourtant l'air à l'aise ce soir, » contrai-je.

Elle fronça les sourcils brièvement. « C'est un jour de fête et mon Oncle a insisté.

— Alors il faudra que je l'en remercie.

— Pourquoi ? demanda-t-elle en inclinant légèrement la tête.

— Je ne t'aurais jamais rencontrée autrement et je lui en suis reconnaissant. » Elle rougit encore une fois.

« Mais tu n'as pas répondu à ma question concernant un protecteur.

— Comme je le disais, mon oncle me suffit. Je n'ai pas besoin de protection supplémentaire. »

À voir les hommes la regarder danser, je n'étais pas du même avis, mais je n'allais pas gâcher cette danse en la contrariant. Je lui serrai la main légèrement pour attirer son attention. « Très bien, mais tu pourras toujours compter sur Cross du ranch de Bridgewater en cas de besoin. »

La chanson prit fin, mais je ne lui lâchai pas la main. « Promets-le-moi, Olivia. »

Les gens se pressaient autour de nous, discutaient pendant que nous restions immobiles et qu'elle pesait mes mots.

« Tu ne vis pas à Helena et tu ne peux m'offrir un refuge, mais tu ne lâcheras visiblement pas ma main tant que je ne t'aurai pas donné mon accord. »

Je souris devant tant de perspicacité.

« Très bien, c'est d'accord. Je ferai appel à toi si j'en ressens un jour le besoin. »

Le mot « besoin » offrait plus d'une connotation. Je serais bien sûr là pour la secourir dans n'importe quelle situation, mais je me ferais également un plaisir de soulager d'autres types de besoins. D'après son apparence et son éducation, elle menait une vie protégée et ne connaissait pas encore les désirs d'une femme. L'idée qu'un autre homme puisse les lui enseigner me paraissait rebutante.

Malheureusement, je n'avais d'autre choix que de la libérer. Je ne voulais pourtant pas le faire... Sa place était entre mes bras.

2

LIVIA

Des hommes différents m'invitèrent à danser toute la soirée, ce qui me surprit beaucoup. Depuis le coin de la pièce où il discutait avec ses amis, Oncle Allen observait tout ce remue-ménage avec un grand sourire. Je lui avais parié la dernière part de gâteau que j'allais devoir passer la soirée à faire tapisserie. Malheureusement pour moi, j'allais être privée de dessert.

Ce débordement d'attentions me changeait de mon quotidien sans histoire. J'avais bien quelques prétendants, mais aucun ne m'avait jamais intéressée jusque-là. Pourtant, certains d'entre eux étaient séduisants, mais ils ne me parlaient que de choses insipides comme s'ils s'imaginaient que je n'avais rien dans la tête. Il m'arrivait certes de me préoccuper des dernières modes en matière de robes, mais j'aimais également débattre des affaires politiques et sociales. Quand j'évoquais ces sujets cependant, ils me reprochaient de parler sans savoir ou me grondaient parce que je ne partageais pas leur avis.

Clayton Peters s'en était le mieux sorti, mais je me méfiais malgré tout de lui. Il avait fière allure, mais sa personnalité me laissait sur le qui-vive et me mettait régulièrement mal-à-l'aise. À chacune de nos rencontres, il se montrait plus agressif. Il n'avait bien sûr jamais posé la main sur moi ; son agressivité se révélait dans sa façon de me parler, de me considérer comme acquise. *Quand je t'épouserai... Tu finiras par céder à mes attentes, ce n'est qu'une question de temps... Nos projets...*

Il me donnait la chair de poule et cela n'avait rien d'agréable. J'avais bien sûr repoussé toutes ses avances, mais il n'acceptait jamais mon indifférence ou ne s'en souciait tout simplement pas et continuait à m'importuner. La veille, nous nous étions tous deux installés dans le salon et je lui avais indiqué que je ne souhaitais plus le voir – son humeur avait tourné à vue d'œil. Le prétendant attentionné fut très vite remplacé par un homme méprisable – un sinistre personnage qui refusait d'entendre raison. Il était rouge de colère et m'avait serré le poignet au point de me faire mal jusqu'à ce qu'Oncle Allen fasse irruption dans la pièce. Abasourdi et enragé par le comportement de cet énergumène, Oncle Allen l'avait empoigné et jeté dehors.

Une fois au calme – après m'avoir juré de « tuer cet enfoiré, » si M. Peters avait un jour le malheur de s'approcher de moi –, Oncle Allen m'avait confié : « Tu auras l'impression d'être foudroyée quand tu rencontreras le bon. » Je n'avais jamais ressenti rien de tel au cours de mes vingt-trois premières années – et surtout pas avec M. Peters – et je commençais à me dire que cela n'arriverait jamais. À plus de cinquante ans, mon oncle était un célibataire endurci et je ne pouvais pas me fier à ses mots. Pourtant, c'était exactement ce que j'avais ressenti deux fois pendant cette soirée dansante. Oncle Allen devait certainement se tromper et je ne pouvais pas avoir ressenti deux coups de foudre, coup sur coup.

J'avais d'abord rencontré Cross. Je ne savais même pas s'il s'agissait de son prénom ou nom de famille. Il ne me l'avait pas dit et je n'avais pas eu l'audace de poser la question. C'était peu dire que d'affirmer que cet homme m'avait fait perdre mes moyens. Quand je l'avais aperçu de l'autre côté de la pièce, j'avais bien cru que mon cœur allait s'arrêter – il s'était serré dans ma poitrine avant de cogner de plus belle et je m'étais sentie fiévreuse. J'étais tombée une fois à travers une planche pourrie et je m'étais sentie surprise, craintive et mon cœur avait battu à tout rompre. Il avait suffi que je croise le regard de Cross – des yeux du plus beau vert – pour avoir de nouveau l'impression de traverser le plancher. J'avais indubitablement ressenti un choc.

Je lui arrivais à peine au niveau du menton. Je m'étais sentie minuscule en dansant avec lui, serrée dans ses bras – ses larges épaules, son torse ferme et ses longues jambes me donnaient envie de le dévorer des yeux et j'avais bien profité de notre proximité. Il avait fait disparaître ma main sous la douce emprise de la sienne. Je m'attendais à découvrir un homme impétueux et brutal, mais il était tout le contraire. J'avais eu l'impression que nous ne faisions plus qu'un, que les autres danseurs avaient disparu et qu'il n'existait plus que cet homme grand et blond. J'arrivais à peine à regarder par-dessus son épaule. Alors je m'étais contentée de me perdre dans ses mots, dans sa voix grave, dans son regard. À sa façon de me fixer, il me donnait l'impression de me réserver toute son attention – et ce n'était sans doute pas qu'une impression. Il avait la mâchoire carrée et une grande bouche sous un long nez, mais l'ensemble était harmonieux. Il était rasé de près et ses cheveux, bien que longs, étaient propres et soignés.

J'avais aperçu M. Peters, mais je n'avais pas voulu que la danse se termine. Je me sentais en sécurité près de Cross, à l'abri des colères de M. Peters. Une chaleur émanait de lui, son parfum viril m'invitait à poser ma tête contre sa poitrine et à fermer les yeux. Il avait tout de suite remarqué ma peur de l'autre homme et m'avait interrogée, m'avait même offert sa protection. Il s'était montré... gentil et j'aurais voulu en profiter un peu plus, mais la chanson avait pris fin et j'avais peur que M. Peters fasse une scène, peur de devoir lui tenir tête à nouveau, publiquement cette fois.

Cross m'avait raccompagnée jusqu'à mes amies et je n'avais rien pu faire de plus que le remercier. Impossible de me jeter à ses pieds ou de l'interpeller à travers la pièce, quelle qu'eût pu être la force de mon désir. J'avais été foudroyée et pourtant l'homme s'était envolé, tout comme mon envie de danser avec d'autres. Heureusement, M. Peters avait filé lui aussi.

À ma grande surprise, une heure plus tard, au moment de la dernière danse, la foudre m'avait frappée à nouveau. J'étais en train de dire à Oncle Allen qu'il était temps de partir – la danse ne m'intéressait plus sans Cross –, mais un inconnu s'était raclé la gorge derrière moi. Oncle Allen l'avait découvert le premier, les yeux écarquillés et un doux sourire sur les lèvres. Je m'étais retournée en pensant qu'il s'agissait peut-être de Cross. Au lieu de cela, j'étais tombée nez à nez avec son antithèse, qui me tordit pourtant le cœur. Ce nouveau venu avait les cheveux noirs, peut-être aussi foncés que les miens, et une peau bronzée qui mettait en valeur l'éclat de son sourire. Ses yeux sombres m'avaient épinglées sur place. Oh....

« Miss Weston, m'accorderez-vous cette danse ? » D'une voix enrouée, il prononçait ces mots avec un étrange accent.

J'étais restée bouche bée jusque-là. Je fermai la bouche et jetai un bref coup d'œil à Oncle Allen, ne voulant pas le décevoir, mais sans vouloir non plus le laisser percevoir le choc qui me secouait, mais il se contenta d'acquiescer.

« Oui, avec plaisir, » répondis-je.

Il me tendit son bras et je serrai ma main autour de son biceps, dur et bien musclé. La coupe de sa veste n'en dissimulait rien. Tout en me guidant vers la piste, il se pencha pour ne parler qu'à moi. « Je m'appelle Rhys et je suis l'ami d'un homme avec qui tu dansais plus tôt. Cross ? Tu te souviens de lui ? »

Si je me rappelai ? Comment aurais-je pu oublier ? Mais cet homme ne ressemblait pas du tout à Cross. Il était tout aussi grand, mais plus mince. Plus sombre, plus intense. Cross s'était montré calme et m'avait offert sa protection comme une chaude couverture d'hiver, Rhys lui faisait preuve d'une assurance et d'une confiance en lui déconcertantes. Les gens se séparaient devant nous ; il marchait d'une manière qui forçait la déférence. Quand il prit ma main dans la sienne, il le fit avec autant de tendresse que Cross, mais avec plus de fermeté aussi, plaçant une de mes mains autour de sa taille et l'autre à son épaule, sans hésiter. Quand la musique résonna et que nous commençâmes à danser, je me sentis comme enlevée plutôt que guidée.

En l'observant, je réalisai que je m'évertuais à les comparer au lieu de les considérer séparément. Après tout, je n'allais sans doute jamais revoir Cross et je n'avais donc aucune raison d'abuser de ces comparaisons. Tous les hommes étaient différents et, comme Cross, à la fin de cette danse, je ne reverrais sans doute plus jamais Rhys. J'apaisais ainsi mon esprit et je pris plaisir à me blottir entre ces bras, sachant qu'il m'avait réclamé cette danse, à moi tout particulièrement.

« Il est rare de rencontrer une beauté irlandaise telle que vous, Miss Weston, » commenta-t-il. Ce n'était pas la première qu'on m'adressait ce compliment et mon déséquilibre passager ne fut pas provoqué par ces mots. Sa main me tenait fermement la hanche, m'évitant une chute malheureuse.

« Comment connais-tu mon nom ? » demandai-je en inclinant légèrement la tête.

Il eut un petit sourire. « Comme je te l'ai dit, Cross est mon ami et il tenait à ce que je fasse ta connaissance. »

Comme c'était étrange. « Pourquoi ? »

Il fronça légèrement les sourcils et une petite ride entailla son front. « Pourquoi ? répéta-t-il. Nous ne rencontrons pas si souvent une si jolie femme, une femme qui attire notre regard à tous les deux. »

Je ne pus m'empêcher de rougir à ce compliment, mais je trouvais malgré tout ses paroles étranges. « Vous partagez donc vos partenaires de danse ? »

Il prit un moment avant de répondre. « Nous partageons beaucoup de choses, Miss Weston. »

Une autre réponse étrange, mais j'étais intriguée. « Cross m'a dit qu'il venait d'un ranch à l'est d'ici. Toi aussi ? Ton accent est assez unique ? » Ce bavardage devait lui paraître bien inutile, mais je ne savais pas quoi demander. Je me sentais prise au dépourvu et bientôt cette chanson allait se terminer, ce qui voulait dire qu'il me quitterait tout comme son ami. Il ne s'agissait que d'une danse. Rien de plus.

« Je suis britannique, mais je ne suis pas rentré en Angleterre depuis un moment. Ma maison est à Bridgewater, avec Cross.

— Est-ce que c'est assez grand ? »

Il haussa un sourcil, mais répondit sans broncher. « Je pense que c'est un des ranchs les plus grands de la région, mais nous sommes nombreux à y vivre.

— Vous êtes venus à Helena pour le travail ou pour le plaisir ?

— Une seule chose me procure du plaisir, Miss Weston, votre compagnie. » Le compliment me chauffa les joues et je ne sus pas quoi répondre, je n'osais même plus le regarder. J'étudiai donc les boutons de sa veste noire, comme je l'avais fait avec son ami. Ils étaient tous les deux aussi bien vêtus.

« Nous sommes venu pour acheter un cheval.

— Toi et Cross ? »

La musique continuait et tout le monde dansait autour de nous, mais je n'y prêtais pas la moindre attention.

« Cross, moi et un bon ami à nous, Simon.

— Tu as beaucoup d'amis, » ajoutai-je. De mon côté, j'avais beaucoup de connaissances, mais pas d'amis intimes.

« Non, pas beaucoup, mais je tiens beaucoup à ceux que j'ai. Et toi ? Cross m'a dit que ton chaperon était en réalité ton oncle ?

— Oui. Mes parents sont morts quand j'étais petite et c'est lui qui m"a élevée. »

Sa main se crispa brièvement autour de ma taille. « Je suis désolé pour tes parents. »

La lueur de tristesse apparue dans ses yeux s'estompa rapidement.

« Toi aussi, tu as perdu ta famille ? » aventurai-je.

Il acquiesça. « Contrairement à toi, je n'avais pas d'oncle qui puisse s'occuper de moi et les orphelins n'ont que peu de valeur d'où je viens. Au fil du temps, je me suis composé une autre famille, j'ai eu de la chance. »

J'hésitai. « Tu es marié alors ? » Je jetai un coup d'œil autour de moi, à la recherche d'une femme qui pourrait être son épouse. C'était idiot et j'aurais tout aussi bien lire la vérité sur son visage.

« Bien sûr que non. Je ne danserais pas avec une autre si j'étais marié. »

La chanson se termina et Rhys me ramena à mon oncle, une main dans le bas de mon dos. Ce geste me donnait des picotements dans le creux des reins. L'avais-je insulté ? Un sentiment écrasant envahit ma poitrine lorsque je réalisai que j'avais insulté son honneur, car un homme honorable ne chercherait pas une autre femme, même le temps d'une danse.

« Monsieur. » Rhys tendit la main à mon oncle et se présenta. « Merci de m'avoir laisser danser avec votre nièce.

— C'est elle qu'il faut remercier, jeune homme, » répondit-il. Rhys semblait l'impressionner et mon Oncle n'avait visiblement pas remarqué la gaffe que je venais de commettre. « Vous n'êtes pas du coin. »

Il secoua la tête. « Non, monsieur. Je viens de Bridgewater. »

L'expression d'Oncle Allen changea alors, mais j'étais incapable de comprendre ce que ce changement signifiait – je savais simplement que ce n'était pas du dédain. Il avait l'air... heureux d'une certaine manière. Impressionné aussi. « Je connais un autre homme du ranch, M. Kane, je crois. »

Surpris, Rhys haussa les sourcils. « Oui, Kane vit également à Bridgewater.

— Je crois que l'an dernier, il a acheté du bétail à un homme de Simms, ajouta Oncle Allen.

— Oui, en effet. » Il marqua une pause, puis sourit. « Weston, oui. Maintenant je me rappelle. Il s'agissait de vos bêtes. »

Oncle Allen acquiesça.

« Nous sommes en ville pour acheter un étalon, mais la négociation ne se déroule pas aussi bien que pour Kane.

— Oh ? Et avec qui traitez-vous à Helena ?

— Clayton Peters. Il est dur en affaires, mais ses chevaux sont assez impressionnants. »

Je me raidis à la mention de ce nom.

« Nous connaissons assez bien M. Peters, » dit Oncle

Allen d'un air sombre. Le ton et la raideur des épaules de mon oncle n'avaient pas échappé à Rhys.

« Y a-t-il quelque chose que nous devrions savoir à propos de cet homme ? Vous aurait-il maltraité ? »

À ma grande surprise, oncle Allen prit ma main dans la sienne. « J'ai beaucoup de respect pour les hommes de Bridgewater et pour leur savoir-vivre, alors je vais vous confier quelque chose. » Il me fit lever la main et remonta le revers de ma robe en dentelle pour montrer les bleus que M. Peters m'avait infligés.

Les pupilles de Rhys s'étrécirent et sa mâchoire se serra quand il découvrit les marques sombres autour de mon poignet. « Peters ? » Comme je ne répondais pas, il interrogea mon oncle du regard, qui acquiesça. « Est-ce qu'il t'a blessée d'une autre manière ? » me demanda-t-il.

La colère dans son regard me fit reculer, mais je ne pus me défaire de la douce emprise de mon oncle. J'étais gênée de voir ma faiblesse partagée avec un inconnu et je couvris mon poignet de mon autre main. « Non, juste mon orgueil, répondis-je.

— Je suis venu en ville avec Cross, que vous avez rencontré, et Simon McPherson. Si jamais vous aviez besoin de notre aide, n'hésitez pas à contacter l'un d'entre nous, ici ou à Bridgewater.

— Merci, répondit Oncle Allen. Ces deux hommes seront du même avis que vous ? »

Les deux hommes échangèrent un regard, mais je ne savais ce qu'il voulait dire. Rhys hocha la tête et répondit : « En effet. » Il se tourna vers moi et se pencha légèrement. « Miss Weston, ce fut un plaisir. J'espère pouvoir faire bientôt plus ample connaissance. »

Je le remerciai dans un murmure, mais ma gorge était sèche. Ses yeux sombres fixèrent les miens un instant de plus, comme s'il essayait de voir quelque chose au plus profond de moi. Puis il se retourna et partit.

« Un coup de foudre, Olivia ? » demanda mon oncle dont les yeux pétillaient, qui se demandait ce que je pensais de cet homme.

Je rougis et sus que je ne pourrais rien cacher à mon oncle. « La foudre, avouai-je.

— Et pas seulement pour Rhys, hein ? » demanda-t-il avant de glousser. Je m'empourprai de plus belle.

Il avait bien raison. J'avais des sentiments pour deux hommes. Quelque chose ne tournait pas rond chez moi...

3

Simon

« Rien qu'à voir vos têtes, je sais que j'ai loupé quelque chose, » dis-je en versant du whisky dans trois verres. Je levai le mien en les regardant.

« Non, pas quelque chose, quelqu'un, répondit Cross qui but son verre d'une traite.

— Si tu parles de Peters, je le savais. Cette enflure m'a dit qu'il fallait qu'on en finisse pour qu'il puisse aller danser. Je crois que ses mots étaient : j'ai un joli petit lot sur lequel je veux mettre la main, une petite prude, je n'aurais peut-être pas d'autres occasion de la tripoter. »

J'avalai mon whisky en réfléchissant aux paroles de ce connard. Je n'aimais pas qu'on parle d'une femme de cette manière, peu importe laquelle. Si j'étais son père ou son frère ou quelque relation que ce soit, je l'aurais battu et lâché aux vautours.

Rhys se cala dans son fauteuil et croisa les bras contre sa poitrine. « Il t'a vraiment dit ça ? »

Je hochai la tête et m'accoudai la table. « S'il n'était pas le propriétaire de cet étalon, jamais je ne m'approcherais de cet homme.

— Il parlait d'Olivia, déclara Rhys.

— Olivia ? » demandai-je d'une voix forte qui dominait même la musique du piano criard. Je jetai un coup d'œil dans tous les coins du saloon, puis me penchai en avant et baissai la voix. « Qui diable est Olivia ?

— Celle qu'il nous faut, dit Cross.

— Il a raison, ajouta Rhys. Ça ne peut être qu'elle. »

Je ne pouvais que les regarder avec surprise, car ils n'avaient jamais pu se mettre d'accord à propos d'une femme.

« Et Peters a parlé d'elle de cette façon ? demandai-je. A-t-il une chance d'obtenir sa main ?

— Aucune, » répondit Cross.

Rhys nous regarda tous les deux, bascula sa chaise sur deux pieds. « Peters a posé la main sur elle, » dit-il.

Cross s'accouda à son tour à la table. « Quoi ? cria-t-il. Comment ?

— Je ne connais pas les détails de l'histoire, mais elle avait des ecchymoses au poignet. Son oncle la tiendra éloignée de lui maintenant qu'il sait de quoi ce bâtard est capable.

— Mais ce type est un taré. D'après ce que je sais, il est capable de lui infliger pire que des ecchymoses. » L'idée ne me plaisait guère et je n'avais pourtant encore jamais vu cette femme qui ravissait mes amis.

Purée, nous n'étions pas que de simples amis. Mon amitié avec Rhys s'était forgée au combat – nous étions même frères depuis nos années passées dans le même régiment corrompu. Ensuite, avec les autres, nous avions persévéré et construit le ranch nous-mêmes. Notre refuge, notre terre, notre famille. Ensemble, Rhys, Cross et moi épouserions un jour la même femme, comme nous l'avions appris en défendant les diplomates dans le petit pays de Mohamir, au Moyen-Orient. Déçus par les valeurs victoriennes, nous avions adopté les coutumes Mohamiriennes qui voulaient qu'une femme se lie à plus d'un homme, qui la posséderaient et la chériraient. Plusieurs maris valaient mieux qu'un pour une femme, car elle serait toujours protégée, tout comme ses enfants.

Rhys et moi avions rencontré Cross à notre arrivée en Amérique. Il s'était joint à nous pour protéger une prostituée contre un groupe d'hommes qui voulaient la violer. Nous avions quitté Boston ensemble et il avait fui vers l'ouest avec nous. Le voyage et les années que nous avions passées ensemble depuis avaient forgé une fraternité solide. Nous avions bâti Bridgewater et en avions fait avec les autres le ranch prospère qu'il était aujourd'hui. Il ne nous manquait plus qu'une épouse.

Kane et Ian avaient trouvé Emma l'année dernière, Andrew et Robert s'étaient dégottés Ann avant cela. Cet hiver, Mason et Brody avaient sauvé Laurel d'une tempête de neige avant de l'épouser. Nous espérions trouver notre propre femme, mais ce n'était pas une tâche facile. Trouver une femme que l'un de nous désirait n'était pas une mince affaire, mais en trouver une que désirions tous les trois était encore plus difficile.

Cet arrangement – trois hommes pour une épouse – n'était pas une chose naturelle pour le reste du monde. Difficile donc de dire quand une femme voudrait de nous trois.

Nous la partagerions, l'épouserions, la posséderions ensemble. Nous ne savions pas encore qui elle était, mais Rhys et Cross semblaient croire qu'il pourrait s'agir de cette femme, Olivia. De bon augure, si ces deux-là avaient réussi à se mettre d'accord.

« Décris-la, » dis-je.

Cross me désigna d'un geste du menton. « Des cheveux aussi noirs que les tiens.

— Menue, » ajouta Rhys en mimant une taille fine, puis de jolies courbes.

Cross rit. « C'est vrai, elle a de belles formes.

— Il y a des femmes aux cheveux noirs avec de belles formes à l'étage, » rétorquai-je, en faisant référence aux filles de joie qui travaillaient au-dessus du saloon et qui servaient leurs clients toute la nuit.

Les visages des mes deux amis se durcirent et j'eus peur de me retrouver avec un nez cassé si je continuais à parler de cette Olivia de manière désobligeante. « Merde, murmurai-je, les mains en l'air. C'est à ce point-là. »

Les deux hommes acquiescèrent. « Oui, c'est à ce point-là, répéta Cross.

— J'ai rencontré son oncle, déclara Rhys. Le nom Weston vous rappelle quelque chose ? »

Je réfléchis à l'endroit où j'avais bien pu entendre ce nom.

« La vente de bétail ? demandai-je.

— Kane n'avait pas dit qu'il...» demanda Cross, mais il s'interrompit avant de poser sa question, car nous avions tous la réponse.

Les deux hommes échangèrent un sourire et je n'étais pas en reste – nous savions que l'oncle d'Olivia approuverait notre mode de vie conjugal, car il avait vécu de la même manière. Kane nous avait affirmé que l'homme à qui il avait acheté le bétail avait partagé sa femme avec un autre homme, mais il semblait l'avoir caché à sa nièce. Kane n'avait que des bonnes choses à dire à son sujet et s'il pouvait se porter garant d'Allen Weston, il ne nous en fallait pas plus. Nous n'aurions aucun mal à le convaincre de nous laisser l'épouser – il ne s'offusquerait pas de voir trois hommes demander la main de sa nièce. Il le verrait comme un avantage.

Je versai une autre tournée de whisky. « C'est la bonne. »

OLIVIA

Je n'arrivais pas à dormir, les visages séduisants de Cross et Rhys me tourmentaient et je n'arrêtais pas de me tourner et de me retourner. Je revivais les deux danses que je leur avais accordées, ressassais leurs paroles, le contact de leurs mains, leurs odeurs distinctes, l'accent inhabituel de Rhys. Tout. Je gémis. Rien ne pouvait effacer leur image de mon esprit – j'enfilai donc mon peignoir avant d'aller dans la cuisine pour grignoter un morceau.

« Tu as fait sensation au cours de cette soirée, » dit Oncle Allen dont la présence me surprit à mon entrée dans la pièce. J'aurais pourtant dû le voir, mais de toute évidence mon esprit vagabondait. Oncle Allen avait une tasse de café encore fumant à la main. Je ne comprenais pas comment il pouvait avaler une boisson aussi corsée et s'endormir malgré tout ensuite.

J'ouvris la glacière pour en tirer le pichet de lait, m'en servis un verre et le rejoignis à table. Nous prenions tous nos repas dans la cuisine. Nous n'étions que tous les deux et nous ne prenions jamais la peine de nous installer dans la grande salle à manger. Mon oncle était relativement riche, mais il ne l'affichait jamais et il m'avait élevée dans cet état d'esprit. La maison n'était ni grande ni ostentatoire, contrairement à d'autres dans les environs qui révélaient tout l'argent dépensé. Elle était juste assez grande pour y vivre heureux. Nous étions tous les deux des gens simples ayant des besoins modestes.

Je sentis mes joues s'empourprer et je pris le temps de boire mon lait pour me reprendre. « Apparemment, répondis-je d'un ton neutre.

— Deux hommes très séduisants m'ont paru beaucoup s'intéresser à toi. »

Séduisants ? Cross et Rhys n'étaient pas seulement séduisants. Ils étaient renversants, virils, forts, intenses. Ils étaient... foudroyants.

L'Oncle Allen avait les cheveux légèrement grisonnants, mais ne faisait pas son âge. Il avait bonne réputation à Helena et dans la région grâce à son travail. Il connaissait les hommes de Bridgewater et cela montrait toute l'étendue de son influence dans les environs. Il avait de quoi s'occuper avec toutes ses affaires, mais de mon côté je n'étais pas rassasiée, peut-être que j'en attendais un peu plus. La foudre. J'attendais le coup de foudre.

Impossible de continuer à fuir le regard de mon oncle. Il avait toujours été capable de percer tous mes secrets – peu nombreux, à vrai dire. « Ils sont tous les deux très beaux, tous les deux... très virils, » répondis-je, tâchant de garder un ton aussi neutre que possible.

Il sourit. « Oui, on ne peut pas leur enlever ça. Je connais très bien certains des hommes de Bridgewater. Je n'ai que de bonnes choses à dire à leur sujet et s'ils vous plaisent, s'ils viennent nous rendre visite, je serai très heureux de les accueillir chez nous.

— Vraiment ? Je doute qu'aucun d'entre eux ne vienne, encore moins les deux.

— Je crois que Rhys m'a dit qu'il y avait un troisième homme avec eux. Simon McPherson. »

Un troisième. Pouvait-il être aussi séduisant que les deux autres ?

« Cela ne servirait à rien qu'ils viennent, dis-je, coupant court à ses espoirs de me marier. Ils ne sont pas du coin et ils ne dansaient que pour passer le temps. Ils étaient venus pour affaires.

— Je n'en ai vu aucun des deux danser avec une autre femme, » répliqua-t-il avant de boire une gorgée de son café.

Mon cœur tressaillit à cette révélation, mais mon oncle se trompait sûrement. Je secouai la tête pour me débarrasser de cette idée idiote. « Aucune importance. Ils sont probablement déjà en train de rentrer à Bridgewater.

— À cette heure de la nuit ? » Il secoua la tête. « Je ne te forcerai jamais à épouser qui que ce soit, mais je ne t'empêcherai pas non plus de suivre ton cœur. Comme je te le disais, quand tu rencontreras le bon, tu le sauras. »

Je bus une gorgée de lait et répondis : « Et s'il n'y avait pas qu'un homme ? »

Je grimaçai, craignant d'offusquer mon oncle.

« Pas qu'une homme ? » Il réfléchit et ne sembla pas étonné par ma question. « Tu veux dire les deux hommes de Bridgewater ? »

J'acquiesçai.

« L'idée qu'une femme puisse être protégée par plus d'un homme ne me dérange pas. La foudre aurait frappé deux fois, alors ? »

Il sourit et je rougis.

« Tu ne me reprocherais pas d'avoir le coup de foudre pour deux hommes ? » Il y avait forcément quelque chose qui ne tournait pas rond chez moi, j'allais devoir en choisir un et ce serait très difficile.

« Olivia, j'ai quelque chose à te dire. Tu es désormais en âge de l'entendre et, espérons-le, de le comprendre. Je... »

Un bruit de verre brisé suivi d'un choc violent interrompit Oncle Allen.

Il se leva rapidement, sa chaise raclant le sol tandis qu'il courait déjà vers l'entrée de la maison. Je lui emboîtai le pas.

Je sentis la fumée avant de la voir – soudain, des flammes.

« Au feu ! »

4

HYS

Des coups contre la porte de ma chambre d'hôtel me réveillèrent en sursaut. Je me redressai, remarquai qu'il faisait encore noir et passai la main sur mon visage. J'avais eu du mal à m'endormir ; le visage d'Olivia hantait mon esprit et le souvenir de sa hanche sous ma paume m'avait donné la trique. Je n'aurais pas été capable de trouver le sommeil avec cette gaule – je m'étais donc fait jouir en pensant à elle, pour atténuer la douleur. Après cela, j'avais sombré dans un sommeil agité. À peine installé, on venait me déranger.

« Quoi ? » criai-je en m'asseyant au bord du lit. D'autres coups. Je me levai, allai à la porte pour l'ouvrir, encore nu. Celui qui venait m'importuner en pleine nuit pourrait bien se rincer l'œil.

« Quoi ? »

Simon et Cross se tenaient devant ma porte et, même sous cet éclairage faiblard, je pouvais voir qu'ils s'étaient habillés à la hâte. « Il y a un incendie chez les Weston. Allen Weston nous a envoyé chercher. »

Je passai de nouveau la main sur mon visage avant de rentrer dans ma chambre pour mettre mes vêtements.

« Merde ! Quelqu'un est blessé ? Olivia ? »

Simon s'avança dans la pièce. « Nous ne sommes sûrs de rien, mais on nous a dit que tout le monde allait bien. »

L'idée qu'Olivia puisse être en danger me donnait des ailes. Je me dépêchai, oubliant ma cravate et même de boutonner correctement ma chemise, un effort inutile. « Allons-y. »

Allen Weston ne nous avait pas donné son adresse, mais la maison n'était pas difficile à trouver – nous n'avions qu'à suivre la forte odeur de fumée et le troupeau de badauds qui s'amassaient autour.

En découvrant Olivia, qui portait une chemise de nuit blanche et ses cheveux longs détachés, mon cœur s'emballa. Si elle ne s'était pas trouvée devant sa maison en ruine, j'aurais été ravi de la découvrir dans cette tenue affriolante. Mais aucune jeune fille ne devrait souffrir pareille situation – ni aucune femme – sous le regard du public, et l'idée que d'autres hommes puissent la détailler des pieds à la tête me poussa à lui donner ma chemise.

« Tiens. » C'étaient les premiers mots que je lui adressai. Rien de réconfortant ou de rassurant, mais il fallait qu'elle se couvre. Vite. « S'il te plaît, couvre-toi. »

Elle se figea tandis que je commençais à déboutonner ma chemise et fixa mon torse. Sans doute pas la meilleure idée du monde, mais elle en avait plus besoin que moi.

« Non, » dit M. Weston qui enlevait sa robe de chambre. En-dessous, il portait un pantalon et une chemise au col défait. Comme s'il ne s'était pas complètement déshabillé après la soirée dansante. « C'est préférable pour tout le monde. »

Cross prit le vêtement et alla se placer derrière Olivia pour l'aider à l'enfiler.

Simon se présenta et serra la main d'Allen Weston. « Aucun d'entre vous n'est blessé ? Brûlé ? » demanda-t-il en regardant Olivia. C'était la première fois qu'il la voyait et il l'examinait plus qu'il ne l'admirait.

Elle secoua la tête et jeta un œil à Cross par-dessus son épaule tout en glissant ses bras dans les manches. « Non, nous discutions tous les deux dans la cuisine.

— Une pierre a brisé la fenêtre, » déclara M. Weston qui fixait sa maison et détaillait les dommages. À part quelques traces de suie sur son visage, il semblait aller bien. Il était en colère, mais sain et sauf. « Ensuite, il a jeté une bouteille de whisky enflammée. Le sol du hall d'entrée est en pierre, mais le liquide s'est répandu et les murs ont pris feu. »

Je jetai un coup d'œil à la maison – deux étages, en pierre de taille. La porte d'entrée était ouverte et les fenêtres de chaque côté étaient cassées. L'incendie n'avait pas fait trop de dégâts, probablement en raison des matériaux solides. Le bâtiment n'était pas grand, mais nous nous trouvions de toute évidence dans un quartier aisé. M. Weston aurait sans doute pu se permettre d'acquérir un véritable manoir, mais il ne semblait pas du genre à afficher sa richesse. Malheureusement pour lui, cette richesse devait être le motif de l'incendie.

Les voisins – sans doute réveillés par le tumulte – se tenaient là dans des tenues diverses, à se regarder et à parler à voix basse.

« Vous avez l'air de savoir qui vous a fait ça, » déclara Simon. Son accent écossais s'amplifiait quand il était en colère.

M. Weston acquiesça. « Je ne peux rien dire avec certitude, mais je pense qu'il s'agit de Clayton Peters. »

Olivia serra la robe de chambre, les mains agrippées au

col comme si elle avait froid. La nuit était chaude, elle devait encore être sous le choc, mais elle semblait pourtant calme. Je la surveillais de près et, au premier signe de malaise, nous l'aurions menée en lieu sûr.

Cross attrapa la main d'Olivia et lui remonta la manche pour révéler les bleus que j'avais mentionnés plus tôt. Ils étaient bien là, autour de son poignet mince, marbrés et sombres, visibles même dans la pénombre. Elle avait des mains minuscules, des poignets frêles et délicats – Cross aurait facilement pu lui briser les os. Elle avait eu de la chance avec Peters. Dès que je mettrais la main sur lui, il allait se trouver un adversaire à sa taille.

« À cause de ça ? » demanda Cross.

Olivia se dégagea et Cross lâcha prise, la longue manche lui couvrait désormais la main. De toute évidence, elle ne voulait pas servir d'excuse à ce massacre et Cross l'avait également compris.

« Ce n'est pas ta faute, ma puce,, » lui dit Cross en lui dégageant sa chevelure coincée sous la robe de chambre avant de les lui laisser retomber dans le dos.

J'étais déjà jaloux de Cross, jaloux de le voir caresser ces cheveux. Je les imaginais doux comme de la soie.

« Oh non, Olivia. Peters est seul responsable. Tu n'y es pour rien, » dit son oncle avec conviction.

Elle hocha la tête et s'approcha de son oncle. « Si je ne l'avais pas mis en colère, alors... »

Weston secoua la tête. « Non, répondit-il. Une seule chose pouvait le rendre heureux, récupérer mon argent et c'est hors de question.

— Il n'arrêtera pas, » dit-elle en écarquillant les yeux, effrayée.

Weston saisit sa nièce par les épaules et la regarda dans les yeux. « Non, en effet, il n'arrêtera pas, mais ce n'est pas ta faute. Il en a plus après moi qu'après toi. Il est en colère parce que nous l'avons rejeté et il va probablement tenter autre chose. »

J'étais d'accord avec le vieil homme.

« Alors il faut que nous partions là où il ne nous trouvera pas.

— Je vais rester ici, mais tu vas partir te mettre à l'abri. »

Elle secoua la tête. « Non, hors de question. Il est dangereux. »

Il lui attrapa le menton et elle se calma. « Il ne représente aucun danger pour moi. Par contre, il pourrait compromettre ta vertu et que deviendrais-tu alors ? Mariée peut-être à ce foutu bâtard. Impossible que je laisse une chose pareille se produire. »

Olivia grimaça – elle s'attendait à cette réponse. Tout comme nous trois. Mariée à cet enfoiré, coincée avec lui pour toute une vie de cruauté.

« S'il est capable de mettre le feu à notre maison, poursuivit-il, il pourrait vraiment te faire du mal.

— Pour cet argent, il serait capable... Il pourrait te tuer pour l'obtenir. » Sur ses joues coulaient des larmes qui scintillaient au clair de lune.

« Il n'aura pas un centime, je te le promets. »

Je jetai un coup d'œil à Simon, puis à Cross. Les deux hommes acquiescèrent.

« Elle peut venir avec nous à Bridgewater. Il ne lui fera aucun mal, » dis-je en promettant de la protéger.

M. Weston nous examina tous les trois. « Oui, tu seras en sécurité à Bridgewater, Olivia.

— Vous voulez que je parte avec ces hommes ? Trois étrangers ? » Elle nous désignait d'un geste de la main.

« Leur réputation les précède. Je connais d'autres hommes de leur ranch et je suis prêt à leur confier ma vie. La tienne aussi. Ce sont des hommes d'honneur » Il me regarda directement. « Vous n'avez aucune idée de l'importance qu'elle a pour moi.

— Nous la garderons en sécurité, promis-je.

— Oui, nous la protégerons, » ajouta Cross.

Un hennissement se fit entendre, les pompiers traînaient leur lance jusqu'à la caserne. Le feu était éteint et il n'y avait plus grand-chose d'autre à faire.

« Il y a une condition. » Il prit Olivia par les épaules et la fit se tourner vers nous – elle écarquillait grand les yeux, toujours emmitouflée dans ce peignoir. « Vous devez l'épouser.

— Quoi ? » cria-t-elle en se retournant, dans un tourbillon de tissu. « Oncle Allen, ils m'épouseraient peut-être simplement pour l'argent ! »

Elle n'osait pas nous regarder, car elle savait que ses mots étaient insultants. Nous ne lui en tenions pourtant pas rigueur, compte tenu de la situation.

« Nous n'avons pas besoin de votre argent. Bridgewater se porte très bien, dis-je.

— Oui, mais ce mariage n'est pas nécessaire...

— Olivia. Arrête. » En entendant son oncle, Olivia se calma, mais elle aurait visiblement aimé en dire davantage. Le ton qu'employait Weston avait suffi à la dissuader. « La foudre, tu te souviens ? »

Elle mordit sa belle lèvre inférieure, en nous regardant à tour de rôle. Je ne savais pas à quoi son oncle faisait allusion, mais Olivia avait visiblement compris.

« Mais... mais comment choisir ? » demanda-t-elle d'une voix douce que j'entendis pourtant facilement. Les autres aussi. Notre peur concernant sa sécurité s'évaporait, sachant que cet homme allait nous confier sa nièce. Ce vieil homme ne transigeait pas avec l'honneur s'il exigeait un mariage avant de nous laisser la sauver. Nous aurions pu respecter toutes les règles de la bienséance, sa vertu aurait malgré tout souffert et son retour en ville aurait été difficile, malgré notre bon comportement. Trois célibataires ne pouvaient pas se contenter d'inviter une femme non mariée dans leur ranch, même avec les meilleures intentions du monde.

De cette manière, M. Weston n'aurait plus rien à craindre, Olivia aurait une preuve de nos intentions honorables et nous nous saurions qu'elle nous appartenait. Je voyais bien que cette requête était plus importante qu'une simple question d'honneur. Si un malheur arrivait au vieil homme, elle hériterait de toute sa fortune. Mais après le mariage, cet héritage reviendrait à son époux et Peters n'aurait plus la moindre chance d'empocher un centime. Weston avait trouvé là la meilleure façon de protéger sa nièce et je respectais sa décision.

L'idée qu'il puisse nous obliger à épouser Olivia aurait dû nous faire fuir, mais nous étions tous persuadés d'avoir trouvé la femme de notre vie. Je jetai un coup d'œil à Simon, qui n'avait pas eu la chance de la rencontrer la veille, mais il acquiesçait – il restait silencieux, mais sa volonté ne faisait aucun doute.

« Choisir ? demanda Weston. Rien ne t'y oblige. »

5

Une heure plus tard, nous nous retrouvions chez des amis proches d'Oncle Allen, Roger et Belinda Tannenbaum. Si nous voir débarquer avec trois hommes costauds les surprenait, ils n'en montrèrent rien. Ils n'avaient même pas bronché en entendant Allen annoncer que j'allais épouser les trois, ce qui me parut assez étrange. Était-ce à cause de l'heure tardive ? Ils n'étaient peut-être pas encore complètement réveillés ? Sans doute que si, car ils avaient envoyé un de leurs domestiques réveiller le révérend. Je choisis cet instant pour commencer à paniquer.

« Je ne peux pas épouser trois hommes ! » Je pleurais en dévisageant l'impressionnant trio qui se tenait dans le confortable salon des Tannenbaum. « Ça ne se fait pas.

— À vrai dire, Olivia, ce ne serait pas la première fois, » répondit Oncle Allen.

Je fronçai les sourcils, surprise. Avais-je bien entendu ?

J'avais dû me cogner la tête en quittant précipitamment la maison en flammes et je ne m'en souvenais pas ?

Il se leva et s'approcha des Tannenbaum qui étaient assis en face de nous sur un large canapé et s'installa à côté de Belinda – à ma grande surprise, il posa sa main sur la sienne. « C'est ce que j'allais te dire plus tôt avant que ce foutu caillou ne traverse notre vitre. » Il prit une profonde inspiration et dit : « Belinda est aussi mon épouse. »

Il regarda cette femme que je connaissais depuis mon enfance et lui adressa un doux sourire avant de se tourner vers moi.

Je fixai leurs mains jointes, hébétée. « Comment peux-tu être marié avec... avec eux ? Tu vis avec moi. »

Je voyais que Rhys, Cross et Simon étaient en train d'observer le déroulement de cette conversation et ils ne semblaient pas le moins du monde horrifiés par ce que mon oncle nous révélait. C'était comme s'ils le savaient déjà.

Hochant la tête, Oncle Allen continua. « Oui. Quand tes parents sont morts et que tu es venu habiter chez moi, tu étais trop jeune pour comprendre cette union de deux hommes avec une même épouse. Et les habitants de cette ville ne nous l'auraient pas pardonné. Il était important de préserver les apparences et de t'offrir un foyer confortable, mais Roger et moi avons tous les deux épousé Belinda. Tu ne te rappelles pas toutes ces nuits et ces rendez-vous d'affaires, quand Hattie venait te garder ? Tu te rappelles ? »

C'était comme si un voile se levait. « Tu venais ici, alors ?

— Oui, mais ne sois pas en colère ou du moins pas tout de suite. Réfléchis-y un instant. La nuit a été longue. Ces trois hommes vont devenir tes maris. Tu as ressenti une connexion, ce que certains appellent une alchimie, avec deux d'entre eux pendant le bal. C'est une très bonne chose d'être attirée par plusieurs hommes, Belinda pourra te le confirmer.

Comme je te le disais, rien ne t'oblige à choisir, tu peux avoir les trois. »

Je jetai un œil à mes trois hommes. Ils étaient tous beaux, grands... J'en avais le souffle coupé et l'idée de leur appartenir à tous me faisait paniquer encore davantage. Je me levai en secouant la tête et m'arrêtai devant la cheminée vide. « Non, non, c'est de la folie ! Je m'en serais rendu compte, j'aurais...

— Olivia, » dit Belinda en s'approchant de moi. Elle avait la quarantaine et des cheveux très clairs qu'elle avait tressés pour dormir. Elle portait un peignoir pudique depuis notre arrivée et je ne l'avais jamais vue porter des vêtements si simples. Elle prit mes mains dans les siennes et les serra. « Je les aime. Je les aime tous les deux. J'aime être leur femme. Tu te rappelles ce que ton oncle dit toujours à propos de l'homme que tu épouseras ? Ce que je t'ai toujours dit ? »

Je voyais le bleu de ses yeux et j'y lisais toute sa franchise. Elle avait toujours été gentille avec moi, comme une mère – elle s'était toujours impliquée dans ma vie. Elle n'avait pourtant qu'un rôle d'amie de la famille, mais elle avait toujours répondu à toutes mes questions, à toutes mes inquiétudes sur le fait de devenir une femme. Oncle Allen avait toujours été là pour moi, avait toujours été à l'écoute, mais une jeune fille avait parfois besoin de se confier à une femme. Elle souriait tendrement. « Qu'est-ce qui ne va pas ? » demanda-t-elle.

Je me dégageai et serrai mes mains contre mon ventre, comme pour m'empêcher de tomber en miettes. « Tu disais que j'aurai l'impression d'être frappée par la foudre quand je rencontrerai le bon. » Je soupirai, dévisageai les trois hommes les uns après les autres et, chaque fois, j'éprouvai la même chose. Leur tenue n'était pas convenable, mais aucun d'entre nous n'avait eu le temps de se pomponner. Ils ne portaient pas de veste, seulement des chemises – celle de

Cross sortait de son pantalon, celle de Rhys n'était pas complètement boutonnée et les manches de celle de Simon étaient retroussées, révélant des avant-bras musclés et couverts de poils sombres. Ils étaient grands, sérieux et beaux. Un blond et deux bruns qui avaient la ferme intention de m'épouser. L'idée était exaltante et absolument terrifiante – je n'avais encore jamais suscité l'intérêt d'aucun homme et encore moins de trois.

« J'ai ressenti la même chose en rencontrant ton oncle. » Les mots de Belinda m'invitaient à me retourner et je vis l'amour qui brillait dans ses yeux, dans son large sourire. « Et aussi quand j'ai rencontré Roger. Je les voulais tous les deux et tous deux me désiraient.

— Mais ce n'est pas... convenable. » Je me couvris le visage avant de comprendre ma maladresse. Les larmes aux yeux, je regardai Belinda : « Oh, je suis vraiment désolée ! Je ne parlais bien sûr pas de votre mariage... »

Elle leva les mains, une bague en or décorait son annulaire gauche et une autre le droit. Je n'avais jamais su à quoi correspondait ce deuxième anneau. Elle en avait un pour chacun de ses maris. « Tout va bien. Tu découvres beaucoup de choses d'un coup. Tu as une nuit terrifiante, mais regarde. » Elle fit un signe de la main aux trois hommes de Bridgewater. « Ils sont là pour toi.

— Mais je... je ne les connais même pas, » avouai-je.

Je me sentais encore plus mal à l'aise, car les trois me regardaient avec un air sérieux et un soupçon d'inquiétude brillait dans leurs yeux. Les deux premiers avaient été particulièrement gentils, mais je ne connaissais pas du tout le troisième.

« Comment peux-tu imaginer me donner en mariage à des étrangers ? demandai-je à Oncle Allen en essuyant les larmes qui coulaient le long de mes joues.

— Tu m'as dit que tu avais ressenti une connexion, une

étincelle en les rencontrant, que tu craignais même d'être attirée par deux hommes en même temps. Ton esprit t'affirme peut-être que ce n'est pas possible, mais ton cœur dira toujours la vérité. »

Je vis Rhys qui haussait les sourcils et Cross qui souriait.

« Est-ce que c'est vrai, mon amour ? Cross et moi, nous t'avons plu ? » demanda Rhys. Je remarquai le nom affectueux qu'il me donnait déjà et il ne me fit pas du tout le même effet que le « mon cœur » de M. Peters.

« Tout va bien, » dit Belinda qui voulait m'entendre révéler mes sentiments.

Rassurée par son sourire, j'acquiesçai.

Les trois hommes choisirent ce moment pour s'avancer vers moi. « Est-ce qu'il nous serait possible d'avoir un moment seuls avec Olivia avant l'arrivée du Révérend ? » demnda Cross à Oncle Allen.

Celui-ci donna son assentiment et se leva. Belinda me serra dans ses bras avant de quitter la pièce entre ses deux maris. Deux maris !

Je me sentais incroyablement mal à l'aise de me retrouver seule dans une pièce avec trois hommes, des inconnus, qui allaient m'épouser. Pas un, pas deux, mais trois ! Je n'osais pas les regarder et je ne savais pas quoi dire. Je gardai donc les yeux rivés sur le tapis oriental à mes pieds et mes mains crispées devant moi.

« Viens par-là, Olivia, » murmura l'un d'eux. Je levai les yeux et vis que c'était Cross qui me parlait. Il s'installa sur le canapé que mon oncle venait d'abandonner. « S'il te plaît, » ajouta-t-il.

Sa voix était calme, ses yeux doux. Je jetai un coup d'œil aux deux autres qui hochèrent légèrement la tête pour m'encourager. Je déglutis, impressionnée par leur prestance. Je me sentais minuscule à côté d'eux et j'aurais certainement pu me sentir menacée par leur virilité, mais je me sentais au contraire protégée, comme si j'étais à l'abri, comme s'ils avaient juré de me défendre contre le monde entier – contre M. Peters, contre l'incendie et contre les révélations troublantes d'Oncle Allen.

Je fis le dernier pas vers Cross, mais au lieu de me laisser m'asseoir à côté de lui, il me prit la main et me tira sur ses genoux.

« Oh ! » criai-je en sentant ses cuisses fermes sous mes fesses. Il me serra dans ses bras et me tira contre lui, ma joue collée contre sa poitrine. J'entendais le battement régulier de son cœur et son parfum m'enivra. C'était la première fois qu'un homme me tenait dans ses bras et je sentis à nouveau la foudre me traverser. Il me tenait chaud et pourtant je frissonnais. Je me sentais atrocement mal et terriblement bien tout en même temps.

« M. Cross, il ne faut pas...

— Et pourtant il faut, répondit-il. Et tu peux m'appeler Cross. »

Les autres hommes s'approchèrent, Rhys s'installa à côté de nous sur le canapé et Simon prit une chaise de bureau et la plaça directement devant nous. Ils m'encerclaient et m'empêchaient de m'échapper, mais je ne me sentais toujours pas menacée et je n'avais aucune intention de bouger.

« Ce coup de foudre, dis-nous en plus, » dit Rhys.

Ses yeux sombres me fixaient attentivement.

« C'est ce que l'on ressent, quand on rencontre la bonne personne, répondis-je. Oncle Allen voulait être sûr que je choisirais l'homme qu'il me fallait.

— Et tu l'as ressenti avec moi ? » Je lus une leur d'espoir dans ses yeux. Le sentiment était-il donc réciproque ?

J'acquiesçai.

« Et avec moi ? » demanda Cross, le menton légèrement posé contre mon crâne.

Étaient-ils toujours aussi directs ? Parlaient-ils toujours

aussi facilement de leurs sentiments ? Les hommes n'étaient-ils pas censés ne jamais partager, ni ne jamais manifester leurs émotions ?

Je grimaçai et fermai les yeux, redoutant d'exprimer mes propres sentiments. « Oui, » dis-je rapidement.

Je n'osais toujours pas les regarder, voir l'horreur, l'amusement ou le dégoût se peindre sur leurs visages devant cet aveu. Ils allaient s'imaginer que j'étais une fille facile et immorale.

« Et moi, jeune fille ? Tu penses que tu pourrais ressentir la même chose envers moi ? » Simon avait un fort accent, à tel point que je ne compris que la moitié de ses mots.

Je levai les yeux pour regarder M. McPherson. Son allure sévère de guerrier, d'homme prêt à conquérir le monde et à tuer quelques dragons au passage s'était envolée. À la place, je découvrais un homme souriant au regard interrogateur. Il était plus grand que les deux autres, avait des cheveux bruns trop longs, une mâchoire carrée et un nez épaté et cassé. Il avait la beauté rugueuse d'une brute, mais quand il me regardait avec tant d'attention, je devinais qu'il pouvait également faire preuve de douceur.

Je lisais aussi un peu d'inquiétude sur son visage – ces hommes faisaient de toute évidence tout ensemble, y compris se choisir une femme, et si l'un d'entre eux ne me plaisait pas, alors il serait perdu, seul et à la dérive. Simon attendait ma réponse avec impatience. Je compris à cet instant que je risquais de le blesser et que ma réponse pouvait être plus dangereuse encore que M. Peters.

« Je ne saurais pas le dire, je ne te connais pas.

— Alors nous allons changer cela, murmura-t-il.

— Vous ne pensez pas que quelque chose cloche chez moi, alors ? Je ne suis pas une dévergondée, vous savez, » dis-je franchement.

Le regard de Simon se posa sur mes lèvres avant de

glisser le long de mon corps. « Non, ma jolie, rien ne cloche chez toi, c'est sûr. »

Cross me fit basculer contre son bras de manière à pouvoir me regarder dans les yeux. « Tu as le droit de jouer les dévergondées avec nous quand tu veux, plaisanta-t-il avant de se montrer plus sérieux. Je ressens la même chose, Olivia. Je l'ai ressenti pendant notre danse et je le ressens encore maintenant que tu es dans mes bras... »

Je vis une lueur brûler dans le fond de son regard, vive et chaude, avant qu'il baisse les yeux. « Je vais t'embrasser. »

Il ne me donna pas le temps de réfléchir, de refuser, ou même de m'échapper de son emprise avant de coller sa bouche contre la mienne. Ses lèvres étaient chaudes, douces, tendres et elles caressaient les miennes, exploraient la courbe de ma lèvre inférieure, les coins de ma bouche. J'eus tout à coup très chaud et il faisait bien de me serrer contre lui ou j'aurais glissé par-terre autrement.

À ma grande surprise, j'avais fermé les yeux et il me fallut les ouvrir pour revoir cet homme qui venait de m'offrir mon premier baiser, cet homme qui me souriait. « Je l'ai ressenti une nouvelle fois, » murmura-t-il avant de m'embrasser à nouveau, plus fougueusement cette fois. Je sursautai, le souffle coupé, et il en profita pour glisser sa langue dans ma bouche.

Sa langue !

Une sensation intense m'envahit, mais j'avais peur de me comporter vraiment comme une dévergondée. Hésitante, je lui caressai la langue avec la mienne et il gémit à son tour. Ce son accéléra les battements de mon cœur – je jubilai d'arriver à lui procurer du plaisir d'un simple baiser.

« Laisse-nous un peu en profiter, » grommela Rhys.

Je sentis Cross sourire avant d'interrompre son baiser et de me soulever dans ses bras. « Ah, il semblerait que je ne sois pas le seul à vouloir t'embrasser, mon amour. »

J'étais rouge vif et je le savais très bien – c'était une chose de donner son premier baiser, une autre de le faire devant deux témoins. J'avais pourtant complètement oublié qu'ils étaient là.

Voulaient-ils que je me lève et que je passe au suivant ? L'idée me parut audacieuse et mal aisée. Avant que je puisse décider de ce que j'allais faire, Rhys me tira de l'étreinte de Cross et m'installa sur ses genoux. Il me sourit, m'adressant un regard tendre et plein de désir. « J'ai eu envie de t'embrasser dès que je t'ai vue au bal. »

Je fronçai les sourcils. « Je pensais... je pensais t'avoir mis en colère en remettant en question ton honneur.

— Nous ne ressemblons pas aux hommes que tu fréquentes habituellement et non je n'étais pas en colère.

— Alors tu es prêt à épouser une femme juste parce que tu as envie de l'embrasser ? »

Il caressa ma joue. « J'ai envie de bien plus que de simplement t'embrasser. »

J'avais une vague idée de ce à quoi il faisait allusion – j'étais ravie et terrifiée.

« Comme tu l'as si bien dit, j'ai tout de suite su.

— Vraiment ? » demandai-je, surprise. Il m'avait paru indifférent à la fin de notre danse. Je me rappelai finalement sa façon intransigeante de me faire promettre de lui demander de l'aide le moment venu et je me sentis mieux.

Il pencha la tête et dit: « Vraiment. » Je sentis le mot contre mes lèvres et, ensuite, seulement la pression délectable de sa bouche contre la mienne. Les deux embrassaient de manière complètement différentes. Cross me taquinait et jouait, mais Rhys se montrait plus entreprenant et dominateur. Il se redressa contre moi et plongea sa langue dans ma bouche, comme s'il avait besoin de cela pour respirer, comme s'il mettait tout son être dans ce baiser. Mes mains se glissèrent dans ses cheveux – comme des fils de soie entre mes doigts. Il avait un goût de menthe poivrée, un goût différent de Cross. Même leur odeur n'était pas la même. Sa barbe me picotait le menton.

« Tu as l'impression que nous sommes des étrangers, mon ange ? » demanda-t-il, son nez effleurant le mien.

Je passai le doigt sur mes lèvres. Elles paraissaient enflées et chaudes.

« C'est comme si tu m'appartenais. Comme si tu nous appartenais. Tu es à nous. »

Mon corps... c'était comme si, comme si... je ne pouvais rien expliquer. J'étais... toute chaude et détendue, crispée et désespérée, perdue et en manque, et tant d'autres choses encore. Mais surtout, je me sentais... chez moi. C'était comme si ces hommes m'étaient familiers et étrangers à la fois. C'était assez étrange et je ne comprenais pas bien. Et comme j'avais tendance à babiller quand je devenais nerveuse ou que j'étais bouleversée, je décidai qu'il était préférable de rester silencieuse.

« Tu vas avoir trois maris, jeune fille, pas deux, » murmura Simon qui avait l'air d'être le plus féroce du groupe. Il tendit la main vers moi et attendit patiemment. Son pantalon sombre lui serrait des cuisses bien musclées et sa chemise – bien ajustée à ses épaules – soulignait ses atouts et sa force ; il dégageait une impression enivrante. Il me laissait décider, me laissait le temps de venir à lui.

La chambre était silencieuse. Seuls résonnaient le tic-tac d'une horloge posée au-dessus de la cheminée et mes respirations haletantes. Où mon oncle et sa... famille étaient passés, je n'en avais aucune idée. Je croisai le regard noir de Simon, y cherchai quelque chose, quelque chose qui indiquerait qu'il me traiterait mal, qu'il aurait moins d'honneur ou d'intégrité que les autres.

Je devais avoir la certitude que mes sentiments étaient un indicateur fidèle de la valeur de ces hommes. J'avais attendu toute ma vie et, maintenant que tout arrivait, je n'étais plus sûre de rien. Je devais leur vouer une confiance aveugle ; ils allaient devoir me faire confiance eux-mêmes. Ils n'avaient pas l'air d'avoir le moindre doute, ils étaient persuadés que j'étais la bonne et pourtant ils ne me connaissaient pas.

Je quittai les genoux de Rhys et attrapai la main tendue de Simon. Je décidai de leur faire confiance, une confiance aveugle et je leur confiai mon cœur. Je le leur confiai à tous les trois.

6

Simon

Quand elle posa sur moi ses yeux d'un bleu glacial qui révélaient toute sa nervosité, toutes ses peurs et tous ses espoirs, je sus que Rhys et Cross avaient raison. Elle était faite pour nous. Dire que nous la trouvions belle était un euphémisme. Ses cheveux noirs et ses yeux clairs nous faisaient défaillir. L'épaisse robe de chambre de son oncle ne la mettait pas du tout en valeur, mais je l'avais aperçue dans cette nuisette fragile et avais distingué sa belle silhouette de femme. Elle était minuscule et je ressemblais à un géant à côté d'elle – jamais je ne me pardonnerais de lui faire le moindre mal, même par tendresse. Allait-elle être capable de gérer trois hommes aux nombreuses pulsions ? Nous n'allions jamais la laisser tranquille. Elle allait adorer cela, nous nous en assurerions, mais il suffisait que je la regarde pour que ma gaule apparaisse.

Sa vertu était une évidence ; cette femme était vierge et innocente. J'étais prêt à parier une bouteille du meilleur whisky écossais qu'elle venait de vivre son premier baiser, qu'elle recevait ses premières caresses. Avec plusieurs hommes en même temps. Je comprenais maintenant pourquoi mes frères – nous n'avions certes pas le même sang, mais nous étions néanmoins frères – avaient été si catégoriques à son égard. J'aurais réagi de la même manière, c'était certain. Il ne lui serait fait aucun mal, en tout cas jamais de mon vivant. Et si un jour je devais mourir en la protégeant, je savais que Rhys et Cross prendraient le relais. Les choses fonctionnaient de cette manière à Mohamir et nous respections cette pratique que nous avions même adoptée. Mais cela n'avait été qu'un rêve jusqu'à maintenant.

Aujourd'hui, je tenais la main d'Olivia dans la mienne et je savais qu'elle m'offrait plus qu'une simple caresse. Nous allions lui prendre des choses qu'elle ignorait encore posséder. Elle nous montrait qu'elle nous faisait confiance et je ferais tout pour ne jamais ternir cela. Au lieu de la faire asseoir sur mes genoux – comme l'avaient fait mes frères –, je la tirai entre mes jambes pour qu'elle se place directement devant moi et qu'elle pose la main contre ma poitrine. Je la voulais à l'aise avec moi, ne plus être un étranger.

Je la regardai, serrai mes mains autour de sa taille et mes pouces se joignirent contre son ventre, mes doigts contre sa colonne vertébrale. Elle haletait, prenait de grandes inspirations et ses yeux s'écarquillaient.

« Je n'aurais sans doute pas dû te donner un ordre comme cela, mais je vais bientôt devenir ton mari et il faut que je me présente. Je suis Simon Angus McPherson du clan McPherson, mais je ne quitte plus beaucoup Bridgewater. J'ai grandi dans les Highlands, mais j'appartiens désormais à cette terre. »

J'entendis le heurtoir de la porte d'entrée et le corps d'Olivia se crispa sous mes paumes. « Ne t'inquiète pas, ce n'est que le Révérend. »

Elle fronça les sourcils. « Tu ne penses pas que je devrais être nerveuse de rencontrer ce Révérend ? »

Je ne pouvais que sourire devant cette répartie. « C'est l'homme en général qui fuit le nœud du pasteur, pas la femme. Ne t'inquiète pas, cet homme ne changera que ton nom, pour le reste... » Je m'arrêtai, repoussai les cheveux qui lui cachaient le visage et posai la main contre sa nuque. « Nous changerons au fil du temps. Tous les quatre. Ensemble. »

Elle me fixa attentivement, comme si elle cherchait à comprendre mes mots. « Le révérend refusera de marier trois hommes à la même femme. Ces mœurs n'ont pas cours partout. »

Je lui fis un bref signe de tête. « En effet. » Je jetai un coup d'œil par-dessus son épaule à Rhys et à Cross, qui étaient assis sur le canapé, à la fois vigilants et alertes. « Tu vas devoir m'épouser pour que tout soit légal, mais ce n'est qu'un morceau de papier, ma belle. »

Des voix se firent entendre dans l'entrée et Olivia voulut s'écarter – je la laissai faire.

« Tout se passe si vite. Je n'en reviens pas. Tout ça. Je... »

Je la serrai à nouveau dans mes bras, lui caressant le dos d'une manière apaisante. « Tout va bien. Ton oncle est heureux, il ne se soucie que de ta sécurité et il nous en confie la responsabilité. Tu penses que nous laisserions quoi que ce soit t'arriver ? » Je désignais également Rhys et Cross. « Tu es le centre de notre univers désormais, tu sais. »

Les Tannenbaum entrèrent dans la pièce accompagnés du Révérend. Olivia s'extirpa de mes pattes et prit une profonde inspiration. L'homme de Dieu avait la cinquantaine, portait un col blanc, un pantalon sombre, une chemise blanche et une longue robe. De toute évidence, il venait de se réveiller et avait quitté son lit dans la précipitation, mais il gardait un sourire aimable malgré l'heure tardive. J'arrivais à oublier tous mes soucis en présence d'Olivia, mais la raison de ces noces rapides n'allait pas disparaître au lever du soleil. Il fallait que nous emmenions Olivia loin de cette ville et de ce bâtard de Peters.

« … heureux que tu aies pu nous retrouver à cette heure tardive, surtout après ce bal. Tu te rappelles de ma nièce ? » Weston discutait avec le Révérend en entrant dans la pièce. Nous nous levâmes en les voyant approcher et Olivia dut évoquer avec eux un déjeuner de charité qui devait avoir lieu plus tard dans le mois.

Les Tannenbaum se tenaient en retrait, mais ne semblaient pas du tout décontenancés par cette soirée insolite et n'avaient pas l'air de trouver étrange de célébrer un mariage en pyjamas. Leur secret enfin révélé devait les mettre à l'aise.

« Je suis très heureux qu'on soit venu me réveiller pour un mariage. D'habitude, on me dérange plutôt en pleine nuit pour des décès et c'est bien triste. Cette fois, nous avons tous des raisons de nous réjouir, surtout vous, Olivia. Alors, qui est l'heureux élu ?

— C'est moi. » Je me plaçai à côté d'Olivia, ma main sur son épaule, pour la rassurer et aussi pour l'empêcher de se débiner, au cas où elle décidait de changer d'avis. « Simon McPherson. »

Je serrai la main du Révérend qui me dévisageait. S'il avait des réserves, il les garda pour lui. Peut-être connaissait-il suffisamment Weston pour savoir qu'il ne laisserait pas n'importe qui épouser sa nièce.

Le Révérend se racla la gorge, un peu gêné. « Ton oncle

m'a raconté les grandes lignes de ce qui vous est arrivé ce soir, je n'aurai donc pas besoin de poser les questions habituelles pour justifier un mariage à la hâte. »

Olivia leva le menton et je vis ses joues rougir. La couleur envahit son cou, jusque sous sa robe, et je me demandais où elle s'arrêtait.

« Pouvons-nous commencer, monsieur ? J'aimerais enfin l'embrasser, mais j'attends d'avoir d'abord fait d'elle mon épouse. »

Le Révérend nous mitonna une cérémonie merveilleusement courte et posa le moins de question possibles avant de nous prononcer mari et femme. Cross et Rhys se tenaient à ma droite pendant que Weston se tenait à côté d'Olivia, mais je ne pensais plus à aucun d'entre eux au moment de poser la main contre la joue de mon épouse et d'approcher mon visage pour l'embrasser. J'étais marié à cette fille. Elle m'appartenait aux yeux de Dieu et de son oncle – personne ne pouvait changer cela. Cette pensée m'emplissait de fierté et de désir. Elle se montrait douce et hésitante, mais en relevant la tête, après un baiser chaste et bref, je vis que son regard se brouillait d'excitation et cela me plut énormément. Je dus serrer la mâchoire, frustré de ne pas pouvoir la jeter par-dessus mon épaule et la balancer dans la pièce la plus proche pour que nous nous occupions tous trois d'elle. Olivia écarquilla les yeux devant mon changement de comportement, mais je caressai sa joue soyeuse du bout de mon pouce dans l'espoir de la calmer et de soulager ma douleur.

Je sortis de ma rêverie en entendant Weston remercier le Révérend. Je me tournai vers lui et le remerciai à mon tour. Roger Tannenbaum le raccompagna et il put sans doute enfin aller se mettre au lit.

« Est-ce que vous nous permettez de rester ici jusqu'au

matin au lieu de rentrer à l'hôtel ? demanda Cross. Je crois qu'Olivia serait plus à l'aise. »

Belinda Tannenbaum sourit. « Bien sûr. J'ai fait installer une baignoire dans la chambre bleue. En haut des escaliers, à droite. Olivia, tu sais où aller. »

7

LIVIA

Je connaissais bien cette maison – et je savais désormais pourquoi nous la fréquentions depuis ma plus tendre enfance. Je guidai sans mal mes maris jusqu'à la chambre où ils allaient me déshabiller et me dérober ma virginité. Comment se proposaient-ils d'accomplir cette tâche tous trois en même temps, je n'en avais pas la moindre idée, mais les guider vers cet événement fatidique me rendait nerveuse. Nerveuse ? Non, pas exactement. L'idée me pétrifiait, m'embarrassait, m'inquiétait. Et si je ne leur convenais finalement pas ? Et si je ne savais pas m'y prendre ? Comment leur plaire sans pouvoir leur faire... toutes ces choses ? Comment les rendre heureux alors que je n'y connaissais rien à rien ?

« Respire, mon cœur, » murmura Simon qui se glissait avant moi par la porte que je venais d'ouvrir. « Tu ne pars pas à l'échafaud. »

Il essayait de me calmer et je le comprenais bien, mais ces mots ne m'aidaient pas. Au contraire, j'éclatai en sanglots.

De mes mains, je me couvris le visage et je n'arrivai plus à m'arrêter de pleurer.

J'entendis un des hommes jurer à voix basse, la porte se referma doucement derrière moi, puis l'un d'entre eux me souleva dans ses bras et me transporta à travers la pièce. Il s'assit et me serra contre lui – des mains me caressaient. Les mains de plusieurs hommes qui exploraient mes jambes, ma taille et même mes cheveux, tandis que d'autres me tenaient fermement dans une étreinte rassurante.

« Chut, tout va bien, mon amour, tu as eu une rude journée. » Rhys. Je reconnus sa voix.

« Oui, tu as été vraiment courageuse. » Le fort accent de Simon.

« Mais tu es en sécurité avec nous. Tout ira bien maintenant. » Cross. Je me débarrassai vite de ma tristesse, de mon apitoiement et je sentis la colère m'envahir. Je levai la tête et me tournai vers lui. J'étais dans les bras de Simon ; Cross et Rhys étaient accroupis devant moi. De toute évidence, ils étaient inquiets, mais je m'en fichais.

« Je suis en sécurité avec vous ? lâchai-je, sans ménager mes trois victimes. Je vais devoir te faire satisfaire, toi ou toi, ou... toi et je ne sais pas du tout comment m'y prendre. Comment puis-je assouvir les désirs de trois hommes ? Tout ira bien ? Comment peux-tu le savoir ? Ma maison a brûlé et vous vous imaginez que tout est arrangé parce que nous sommes mariés ? »

Cross et Rhys froncèrent les sourcils – bruns d'un côté, blonds de l'autre –, visiblement surpris par cette tirade et par ma véhémence.

« Les choses iront mieux parce qu'on va pouvoir te protéger contre Peters, comme tu le souhaitais. Demain matin, on te ramène à Bridgewater et tu y seras en sécurité. »

Les mots de Rhys étaient empreints d'une certitude absolue. « Ce type ne disparaîtra pas d'un coup de baguette magique, mais il ne t'importunera plus. Tu n'as pas à t'inquiéter, tu dois laisser ton oncle s'occuper de Peters. On lui prêtera main forte, si nécessaire. Mais je sais que c'est un homme intelligent, il t'a confiée à nous, après tout. »

J'ouvris la bouche mais Cross posa un doigt contre mes lèvres. « Comment satisfaire trois hommes ? Fais-moi confiance, mon amour, tu nous as déjà comblés en nous épousant. Pour le reste, c'est notre rôle de te l'apprendre. » Il me tapota les lèvres avant d'éloigner sa main.

« Tu ne peux pas te tromper, » ajouta Simon en séchant mes larmes du bout de ses pouces.

Ces gestes tendres apaisèrent ma colère.

« Mais je ne peux rien faire sans savoir, répliquai-je en reniflant.

— Tu as peur ? »

Je bafouillai. « Comment pourrait-il en être autrement ? »

Les trois hommes échangèrent quelques regards, discutant sans dire un mot.

« On ne va pas te prendre dès ce soir, Olivia, tu es trop fatiguée et il faut que tu sois bien reposée avant nos ébats, me dit Cross. Tu auras sans doute beaucoup de mal à rester discrète et je préfère qu'on attende de trouver un lieu plus intime.

— Pourquoi aurais-je du mal à rester discrète ? » Je m'efforçai de paraître calme, mais ma voix trahissait mon état de panique. « Vous n'allez pas me faire mal, n'est-ce pas ? »

Rhys sourit. « Non, c'est tout le contraire. Tu vas ressentir un plaisir si intense que tu ne pourras pas t'empêcher de hurler.

— Oui, tu vas crier, mon ange, » conclut Simon.

Je n'étais pas convaincue, mais j'étais rassurée de savoir

qu'ils me laisseraient tranquille ce soir – je me sentais à l'aise et détendue entre les bras de Simon.

« Cela ne veut pas dire qu'on ne te caressera pas, ajouta Cross.

— Quoi ? » demandai-je, surprise. Simon m'agrippa par la taille pour me relever devant lui. De ses mains, il défit le nœud de la robe de chambre que m'avait prêtée mon oncle. D'autres mains firent glisser le vêtement le long de mes épaules et m'en débarrassèrent complètement.

« Tu as une journée harassante et il faut que tes hommes prennent soin de toi. Il ne te reste qu'à en profiter et à te laisser aller, dit Rhys d'une voix douce.

— C'est notre rôle de te faire du bien. Laisse-nous te montrer comment nous comptons nous y prendre, ajouta Cross.

— Fais-nous confiance, fillette, » fit Simon.

Ils avaient déjà posé leurs mains sur moi, qui exploraient ma nuisette, mes bras, ma taille, mes hanches et mes cuisses. À trois, ils ne laissaient en reste aucune partie de mon corps. Leur peau était douce, leurs caresses tendres. Ils se montraient calmes et détendus, se voulaient apaisants. Partout où se posaient leurs mains, ma peau picotait et se ravivait, même sous le tissu de ma nuisette.

« Oh, murmurai-je, surprise par... par toutes leurs attentions. Mais... mais je me sens toute chose. »

Mes yeux se fermèrent d'eux-mêmes et je les laissais faire ce qu'ils voulaient de moi, c'était si bon. Ils avaient réussi à me mettre à l'aise d'une manière impressionnante après cette crise de larmes et cette explosion de colère et j'avais eu droit à ma première leçon : je ne devais pas les sous-estimer – de toute évidence, ils aimaient faire les choses bien .

Je ne savais pas combien de temps j'étais restée là à les laisser me caresser – le temps n'avait plus aucune importance. Seuls importaient pour moi leurs paumes contre ma peau, les crispations de leurs doigts, le son de leur respiration ou même leurs parfums mêlés.

Leurs caresses conservaient une certaine pudeur, mais une main vint soudain agripper mes fesses et une autre effleurer ma poitrine. J'écarquillai les yeux, mais l'expression que je surpris sur le visage de Simon me coupa le souffle. Il avait des yeux presque complètement noirs, des joues rougies et il me regardait comme... comme un loup fixant un agneau innocent. Ce que n'était peut-être pas si éloigné de la réalité.

Simon ne voulait pas se contenter d'effleurer mes seins et il cala ses paumes contre mes tétons, dressés comme des gommes. Les trois hommes avaient dû les voir pointer contre le tissu de ma nuisette. Les mains de Simon restaient immobiles, couvrant mes seins comme pour s'en imprégner, pour les soupeser, pour en comprendre la courbe.

« Simon, » murmurai-je en fixant son regard pendant qu'il me massait les seins, qu'il me pinçait les tétons.

Je ne savais même plus comment je m'étais retrouvée dans cette situation, mais je me tenais devant trois hommes et je ne portais qu'une nuisette. Les mains de Simon étaient chaudes et cette fine couche de tissu entre nos peaux n'y changeait rien. Du coin de l'œil, je vis Cross se pencher pour poser ses lèvres contre mon cou avant de glisser jusqu'à mon épaule.

« Oh ! » haletai-je à nouveau. Je n'imaginais pas que mon corps puisse éprouver de telles sensations – la chaleur des caresses de Simon contre ma poitrine faisait naître une faim douloureuse entre mes cuisses et mon sexe se crispait de désir. Oui, de désir.

Du bout des lèvres, il fit glisser la bretelle de ma nuisette – des frissons secouèrent mon épaule dénudée. Cross continuait à couvrir mes épaules et mon cou de baisers tout en m'agrippant par la taille. Pour ne pas être en reste, Rhys tira l'autre bretelle et seules les mains de Simon – qui me massaient toujours la poitrine – retenaient encore ma nuisette.

J'agrippai les mains de Simon pour qu'il ne s'avise pas de lever le voile et de révéler mon corps entièrement nu. Il sourit.

« Tu aimes qu'on te caresse la poitrine ? » demanda-t-il.

Cross et Rhys attrapèrent mes poignets et m'obligèrent à garder les bras le long du corps. Ils ne serraient pas, mais ne transigeaient pas non plus. Simon me regarda dans le fond des yeux et abandonna mes seins – la nuisette glissa à mes pieds dans un murmure.

Les hommes se figèrent, détaillant mon corps – je savais qu'ils n'en perdaient pas une miette. Tenue par les poignets, je me sentais impuissante. Je fermai les yeux, tentai de faire abstraction, mais je sentais leurs regards.

Belle. Magnifique. Parfaite. La pâleur de sa peau laisse paraître de petites veines, des rivières. Corail, c'est la couleur de ses tétons, ils ne sont pas roses. Non, pas de rose à cet endroit-là, mais sous cette chatte coiffée de noir, se cachent de petites lèvres, elles bien roses.

Ces dernières paroles me firent brusquement ouvrir les yeux – j'essayai de me dégager pour pouvoir me couvrir. Je n'étais pas certaine de savoir ce qu'ils appelaient une chatte, mais j'en avais une petite idée.

« Non, mon cœur, dit Simon en secouant la tête. Ne te cache surtout pas.

— Je... Je suis très gênée, admis-je. En plus, je dois encore puer le feu.

— Un peu, mais on te donnera ton bain tout à l'heure. D'abord (Cross lâcha mon bras et défit les boutons de sa chemise), je vais me déshabiller. »

Rhys et Simon l'imitèrent et, très vite, je découvris leurs torses nus.

« Je n'ai plus rien sur le dos et il vous reste vos pantalons,

» dis-je tout en détaillant leurs bustes musclés. Simon était le plus velu des trois, des boucles soyeuses couvraient ses pectoraux et descendaient jusqu'à son nombril en formant un V dont la pointe disparaissait ensuite sous son pantalon. Il avait le ventre plat et des muscles saillants sous une peau bronzée. Rhys avait le teint plus foncé. Il avait également les cheveux noirs, mais sa poitrine restait presque imberbe – je pouvais sans mal admirer sa puissance. Cross n'avait pas non plus de poils sur la poitrine, seulement des aréoles sombres et une peau douce.

Je n'avais jamais vu d'hommes sans chemise et je ne m'attendais pas à cela. Mon Dieu. Je mourais d'envie de tendre la main et de vérifier la fermeté de leur peau, la douceur de leurs cheveux ou encore l'épaisseur de leurs muscles. Ces trois hommes ne rechignaient jamais à la tâche ; ils travaillaient, encore et encore, sans relâche – et cet acharnement avait porté ses fruits.

« Mon ange, fit Rhys, aucun de nous trois ne saurait te résister si nous retirions nos pantalons. Je te promets...

— On te le promet tous, corrigea Simon.

—... qu'une fois chez nous à Bridgewater on te révélera nos queues et qu'on te fera du bien, qu'on consommera ce mariage.

— Pour l'instant, cependant, continua Cross. On va juste te faire plaisir. »

J'aimais l'idée, mais je ne comprenais pas comment ils comptaient s'y prendre. « Mais... »

Je m'apprêtai à poser la question, mais Simon se pencha et serra un de mes tétons entre ses lèvres – j'oubliai mes réserves et soupirai d'aise. Oh mon dieu ! Il me caressa du bout de la langue et me fit gémir. Je n'aurais jamais imaginé qu'un homme puisse un jour poser sa bouche contre ma poitrine ! L'idée me paraissait délicieusement inconvenante et je ne voulais pas qu'il arrête. Bien au contraire, je n'aurais d'ailleurs pas supporté qu'il s'interrompe. Peut-être avais-je même exprimé cette pensée à voix haute, car sa main vint couvrir mon autre sein – qui se sentait bien seul – et en masser l'extrémité déjà dressée.

Les réjouissances ne faisaient visiblement que commencer, car je sentis une autre main glisser le long de ma colonne vertébrale jusqu'à mes fesses, qu'elle agrippa. Une autre caressa mon ventre et s'immisça entre les boucles qui couvraient mon sexe. Je serrai les poings un instant et j'hésitai à les repousser tous, mais je n'en fis rien. Je me laissai aller. Une légère caresse embrasa ma chair frustrée et je gémis – je poussai un râle de plaisir.

« C'est le plus beau son que j'aie jamais entendu, dit Rhys d'une voix rocailleuse.

— Elle mouille tellement, » murmura Cross. Il ne mentait pas – je pouvais entendre son doigt glisser contre ma fente. Une autre expérience qui aurait dû me mortifier, mais ces trois hommes réveillaient et animaient mon corps, je ne pouvais qu'en profiter. C'était... tellement bon. J'étais en chaleur, à leur merci, et j'arrivais à peine à respirer. Simon posa ses lèvres contre mon autre sein et je me cambrai involontairement pour me coller à lui. J'en avais besoin... j'avais besoin de les sentir... j'avais besoin de quelque chose d'autre encore, mais je ne savais pas quoi.

Un voile de transpiration couvrait ma peau et je sentais mes cheveux coller contre mon dos, contre ma nuque. Cross continuait à caresser mon sexe – il écarta un pétale lisse, puis un autre avant de révéler entièrement ma fleur, n'y glissant que le bout de son doigt.

« Elle est étroite.

— Laisse-moi faire, » dit Rhys. Je sentis Cross retirer sa main et celle de Rhys la remplacer. Ses caresses étaient différentes. Elles étaient douces, mais il se montrait plus ferme dans ses intentions – son doigt me pénétra un peu plus que celui de Cross avant de se retirer et de remonter jusqu'à...

« Oui ! »

Je sentis le rire de Simon contre ma poitrine.

« Elle a un goût délicieux. »

Je ne comprenais pas de quoi Cross parlait, j'ouvris les yeux et le vis lécher le doigt qu'il avait glissé entre mes cuisses.

« Écarte grand, mon amour, » demanda Rhys en me tapotant l'intérieur des cuisses. J'écartai légèrement le pied droit. « C'est bien, mon cœur.

— On va pouvoir te caresser tous les deux, » dit Cross et je sentis deux mains entre mes jambes – la première massait cet endroit incroyable qui m'avait fait soupirer de plaisir et la deuxième me pénétrait encore et encore, sans jamais s'introduire assez loin à mon goût, assez cependant pour me rendre folle de désir.

« Son clitoris est bien dur, je parie qu'on pourrait la faire jouir comme ça. Tu ne veux pas, mon amour, jouir pour tes maris ? »

Je secouai la tête et me léchai les lèvres, profitant de toutes les sensations qu'ils me procuraient. Ils me tenaient par les cuisses et par la taille. Je ne savais pas ce qu'était mon clitoris, mais j'aimais tout ce qu'ils me faisaient. « Je... je ne sais pas ce que tu veux dire, sanglotai-je presque.

— Est-ce que tu ressens comme un manque ? murmura Simon entre mes seins.

— Tu te sens toute chose ?

— Désespérée ?

— Fiévreuse ? »

Mot à mot, mes maris décrivaient tous ce que je ressentais et je me contentai d'acquiescer, bouche bée. J'avais besoin que...

« On va te donner ce dont tu as besoin, mon amour, » promit Cross.

Leurs mains redoublèrent d'attentions à mon égard – Rhys insistait à cet endroit qui me faisait défaillir, Simon me mordillait le téton presque au point de me faire mal...

« Dans... »

... et le doigt de Rhys s'infiltrait en moi...

« ...une... »

... avant de se retirer et de me caresser aux endroits les plus secrets et les plus intimes.

« ... seconde, » me promit Rhys.

Il suffit d'une légère pression de son doigt contre mon derrière pour me faire dévaler la pente que je venais à peine de gravir – je tombai et un plaisir intense me brûla les veines. Une lumière traversait mes paupières closes, mes muscles se contractèrent et je laissai échapper un sanglot.

Mes maris continuèrent à me caresser jusqu'à ce que mon plaisir s'estompe et que je m'apaise. Simon se rassit dans son fauteuil tout en gardant ses mains sur moi, Rhys et Cross s'installèrent sur le lit. Je ne pouvais m'empêcher d'afficher un sourire paresseux et je leur adressai un regard embué.

« Que s'est-il passé, là ? » demandai-je d'une voix enrouée.

Simon m'agrippa par la taille. « Tes hommes t'ont fait jouir.

— Jouir ? » répétai-je.

Me soulevant, Simon se dressa d'un bond et me déposa dans la baignoire en cuivre où m'attendait une eau encore tiède.

« Du bien. On t'a fait du bien, » clarifia Cross.

Simon attrapa le savon parfumé à la rose et commença à me frotter avec douceur et efficacité – ses mains savonneuses chassaient l'odeur de l'incendie. J'étais encore abasourdie par le plaisir qu'ils m'avaient procuré et je ne ressentais plus aucune gêne, même lorsqu'il fallut sortir de la baignoire et me laisser sécher comme une enfant. L'étincelle qui brillait dans son regard ne laissait cependant aucun doute : je n'étais pas une enfant à ses yeux. Il me souleva à nouveau et m'installa au centre du lit. Cet homme aimait visiblement me porter. Je sentis la couverture fraîche contre ma peau irritée et brûlante.

« On t'a fait du bien, mon amour, répéta Cross. Et nous allons le refaire.

— Encore, ajouta Rhys.

— Et encore, finit Simon.

— Mais je ne tiens même plus debout, » dis-je en me redressant sur le coude.

Ils souriaient tous les trois, mais ne se moquaient pas de mon manque d'expérience.

« Tu n'as pas besoin d'être debout. Allongée, ça marche très bien aussi, me dit Rhys.

— J'ai adoré lécher ton jus. J'ai encore ton goût sur la langue. J'en redemande, » admit Cross.

Il se leva et se dirigea vers le pied du lit. Il posa un genou sur le matelas et rampa vers moi. Au même moment, Rhys et Simon prirent chacun une de mes jambes et les tinrent écartées.

Les yeux verts de Cross étaient plus sombres qu'avant, ses joues et sa bouche avaient rougies, ses cheveux lui retombaient sur le front. Il avait des épaules larges, une taille fine et, sous son pantalon, il y avait un renflement, un grand – oh !

« Tu en redemandes ? » Je haletai d'appréhension et d'excitation. « de quoi ?

— De toi, » grogna-t-il avant de se pencher entre mes cuisses.

8

ROSS

« JE NE SUIS PAS CERTAIN D'ÊTRE CAPABLE DE MONTER À cheval, » marmonna Simon qui râpait sa main contre une barbe naissante.

Il était encore tôt – le soleil venait à peine de se lever – et nous sirotions un café sous le porche de la maison des Tannenbaum. Olivia dormait encore, nue sous un drap blanc qui ne cachait aucun de ses trésors, ni sa crinière étalée contre l'oreiller, ni ses lèvres rouges comme meurtries de nos baisers. Nos bouches n'avaient pourtant pas visé que cet endroit. Simon et Rhys lui avaient écarté les cuisses pour moi et je l'avais fait jouir en lui léchant la chatte. Elle avait la peau sensible, son clito m'avait évoqué un petit bourgeon – je m'étais délecté de ses petites lèvres humectées d'une excitation intense. Son goût. Jamais je ne m'en serais lassé, mais après l'avoir fait jouir une première fois, j'avais dû laisser la place à ses autres maris. Ma langue se rappelait encore cette saveur sucrée et épicée des heures plus tard.

Impossible de consommer réellement notre union avant de retrouver le ranch de Bridgewater, nous en étions tous d'accord, mais il nous avait pourtant fallu lutter pour ne pas nous débraguetter et la tringler dès cette première nuit. Je bandais depuis notre première rencontre au bal et ma trique ne donnait aucun signe d'accalmie. D'ailleurs, même si j'assouvissais cette pulsion, les symptômes ne tarderaient pas à réapparaître. J'ajustai mon pantalon et confirmai le sentiment de Simon : « Je vais devoir régler le problème avant de partir, mais il suffira que je la revoie pour me retrouver à nouveau dans le même état. Vous pensez qu'on sera rentrés avant la tombée de la nuit ?

— Absolument. » Simon n'hésita pas une seconde. Il n'allait pas pouvoir attendre beaucoup plus longtemps non plus.

Cette première nuit consacrée à nos ébats allait être longue, mais Olivia profiterait de chaque seconde.

Rhys nous rejoignit – il était débraillé contrairement à son habitude. « Il faut vite que nous tirions notre femme de cet endroit. Rien qu'à la voir nue et satisfaite dans ce lit, j'ai envie de la ravager, mais son oncle est dans la pièce voisine, dit-il, grincheux.

— Ce soir, fis-je.

— Ce soir, » reprit Rhys. Simon acquiesça.

Belinda vint nous retrouver dans une tenue impeccable, malgré une évidente fatigue. Avec son regard espiègle, elle semblait être le genre de femme à qui rien n'échappait jamais. « Vous n'avez pas l'air de vous être réveillés du bon pied, messieurs, à moins qu'il ne vous tarde de partir. La maison est grande, mais elle n'offre sans doute pas assez d'intimité à votre goût. » Oui, elle avait tout compris. Nous n'avions aucun secret pour elle, mais elle avait l'élégance de ne pas en dire plus.

« En effet, nous brûlons d'impatience de rentrer à la maison, » lançai-je.

Elle m'adressa un petit sourire en coin. « Je n'ai aucun doute là-dessus. Est-ce que vous voulez que j'aide Olivia à se préparer ? »

Simon répondit vite. « Merci. J'ai peur d'être tenté si je vais la chercher et nous ne serions pas près de partir. »

Elle rit. « Olivia sera prête dans trente minutes. »

Les Tannenbaum possédaient une maison somptueuse qui disposait de ses propres écuries et Olivia nous y rejoignit quelques minutes plus tard. Elle portait une nouvelle robe qui devait appartenir à Belinda, impossible en effet de la laisser voyager avec les vêtements pleins de suie qu'elle portait la veille – elle ne porterait jamais plus de nuisette de toute manière. De toute évidence, cette robe verte et bien coupée aurait mieux correspondu aux formes de Belinda. Je m'attendais à retrouver une Olivia timide après ces premières caresses, à découvrir dans le fond de ses yeux peut-être une étincelle coquine, mais la colère ardente qu'elle dégageait en réalité, la raideur de ses épaules, me décontenancèrent.

« Ça y est ? Vous avez eu ce que vous vouliez ? » demanda-t-elle.

Le soleil s'extirpait des montagnes et l'air se réchauffait. Quelques nuages épars tachetaient le ciel ; notre expédition allait se transformer en balade agréable. Il faisait plus frais dans l'écurie, l'odeur de terre et de chevaux était forte. Rhys et Simon interrompirent leur travail à notre entrée.

« Ça y est ? » répéta Simon sans comprendre.

Elle s'approcha, mains sur les hanches, et je découvris ses joues rouge vif. « Après... après la nuit dernière, vous n'avez plus besoin de moi ? »

Rhys se posta derrière elle, Simon et moi la flanquions de chaque côté – un de nos chevaux la privait d'une dernière issue. « On t'a donné ce dont tu avais besoin, c'est vrai, » répondit Rhys d'une voix encore neutre.

Pourquoi était-elle en colère ? Nous n'avions commis aucune bévue, nous ne lui avions même pas parlé depuis son réveil.

« Ce dont j'avais besoin ? J'avais besoin d'être rassurée par mes maris, pas d'être jetée entre les mains de Belinda. Vous vous imaginiez quoi en m'abandonnant et en m'ordonnant de m'habiller pour partir ? Si c'est de cette manière que vous comptez prendre soin de moi, je préfère rester ici. »

Je serrai la mâchoire et, de l'index, je lui fis signe de s'approcher. Elle déglutit, mais garda la tête haute et obéit – je pus prendre sa petite main dans une des miennes. De l'autre, je défis la braguette de mon pantalon et libérai mon sexe. Ma queue gonflée de désir.

Elle sursauta et tenta de fuir.

« Tu es encore bien innocente et tu ne comprends pas pourquoi nous ne voulions pas te retrouver dans cette chambre. » Je saisis la base de mon sexe en soupirant, ma queue bien dressée désignait Olivia. « On aurait dû te l'expliquer et nous te présentons nos excuses, je ne voulais pas t'effrayer, mais il n'y a visiblement pas moyen de faire autrement. Tu vois ma bite, mon ange ? Elle est dans cet état à cause de toi. Tu vois cette goutte au bout, ma queue pleure de ne pas pouvoir t'enfiler. »

Je commençai à me caresser de haut en bas, Olivia détailla mes mouvements avant de lever les yeux vers moi, de battre ses longs cils noirs. Dans son regard, je découvris un brin de curiosité, de surprise et un soupçon d'excitation. Je me demandais si elle mouillait sous cette lourde robe.

« J'ai envie de te baiser, Olivia, et si je m'étais attardé ce matin, je n'aurais pas pu m'en empêcher.

— Oh, » murmura-t-elle en baissant à nouveau les yeux jusqu'à mes mains.

Je me cambrai vers elle en l'imaginant à genoux devant moi, sa bouche prête à accueillir ma bite.

« On en a tous très envie, fillette, » ajouta Simon. Elle sursauta – comme si elle avait oublié que nous n'étions pas seuls – et avisa son pantalon trop serré. J'apercevais le contour de la trique de Simon et je savais qu'Olivia n'en ratait pas une miette.

« On en meurt d'envie, » confirma Rhys.

J'attrapai la main d'Olivia et la plaçai contre ma bite – je maintins la pression et guidai ses caresses. La chaleur de sa paume, les hésitations de ses petits doigts, m'arrachèrent un gémissement.

Elle voyait qu'elle me faisait du bien et j'en profitai pour lui donner une brève leçon. « Je rêve d'enfoncer ma queue dans la chatte, mais c'est avec ta main que tu vas me faire jouir cette fois. Tu te rappelles ce que tu as ressenti cette nuit ? Tu vas me donner le même plaisir. Juste là, oui, » je soupirai tandis qu'elle effleurait le contour de mon gland. « Ma queue caressera des endroits en toi dont tu ne soupçonnes même pas l'existence et elle te fera jouir encore et encore. Ensuite, je me laisserai aller à mon plaisir et je t'emplirai de foutre. »

Simon et Rhys se rapprochèrent et commencèrent à toucher Olivia. Rhys lui agrippa la robe et la fit remonter, révélant d'abord les cuisses de notre épouse puis ses dessous – Simon l'imitait de l'autre côté. Ses jupons lui remontaient à la taille et Simon lui dénoua la culotte, qui tomba à terre. Simon massa la chatte d'Olivia tandis que Rhys s'intéressait à ses belles fesses.

Elle se raidit sous leurs caresses, mais je continuai à tenir sa main contre mon sexe – un désir exacerbé brûlait à la base de mon dos, comme une boule de feu prête à exploser.

« Quelqu'un pourrait entrer, dit-elle, à la fois nerveuse et excitée.

— Non, ne t'inquiète pas, personne ne viendra, dit Simon. Tu mouilles tellement, tu me dégoulines sur les doigts.

— Parfait, » fit Rhys et la main d'Olivia serra fermement ma queue. Il venait sans doute d'approcher son doigt de son trou du cul et il ne tarderait pas à l'étirer.

« Il ne faut pas que tu me touches là, » dit-elle. Elle tentait de se dégager, mais nous la tenions fermement.

J'avais le front couvert de sueur et je n'allais pas tarder à jouir – la mouille qui couvrait la main de Simon et les indiscrétions de Rhys n'arrangeaient pas mon état d'excitation. Je me décalai un peu sur le côté et une dernière caresse d'Olivia me fit jouir.

Je donnai quelques coups de rein et gémis – des giclées de mon foutre épais tachèrent le foin et la terre à nos pieds.

« Oh, » fit Olivia, surprise. Je fermai les yeux et savourai ce sentiment intense, heureux d'avoir pu lui apprendre à masturber son homme. Je lui lâchai la main – ma queue était encore trop sensible pour apprécier de nouvelles caresses. Je poussai un profond soupir avant de lui adresser un sourire que je n'aurais de toute manière pas pu lui refuser. Elle venait de soulager ma frustration, en tout cas temporairement. Les autres allaient avoir leur tour. Je m'écartai et ils la guidèrent jusqu'à une poutre qui servait à attacher les chevaux pendant le toilettage. « Mets ta main ici, mon amour, » dis-je. Une fois Olivia en position, Rhys lui fit légèrement reculer les hanches et je m'agenouillai devant elle, Simon restant à côté d'elle.

« Qu'est-ce que vous faites ? demanda-t-elle.

— On s'amuse, répondis-je. Je vais m'occuper de ta chatte et Rhys de ton cul. Tu vas jouir et ensuite tu t'occuperas de Simon. »

J'attrapai la robe que Simon venait de lâcher pour se

débraguetter et permettre à Olivia de peaufiner ses techniques avec un autre cobaye. Simon la guidait à son tour et je me contentai de lui caresser le minou, de lui faire du bien.

« Mon... C'est inconvenant, tu ne devrais pas t'amuser avec mes fesses. » Elle murmura ce dernier mot comme s'il s'agissait d'une grossièreté.

« Non, mon amour, tu vas devoir t'y habituer. On va souvent te prendre tous le trois en même temps et il faudra bien que l'un d'entre nous prenne cette place. Tu auras une queue dans ta jolie bouche, une autre dans ta petite chatte rose et une dernière t'étirera ton petit trou. Pas de panique, on commencera par te dépuceler, mais on va faire en sorte de bien préparer ton petit cul. »

Je remuai ma langue contre son clito en écartant ses petites lèvres du bout des doigts. Elle se crispa contre ma bouche et gémit au moment où Rhys lui enfonça un doigt dans le cul. J'adorais le goût de sa mouille ; elle avait une odeur sucrée et enivrante, je bandais à nouveau.

« Elle est très douée de ses mains, commenta Simon d'une voix rauque. Je ne vais pas tenir, ma belle. Tu peux me donner le coup de grâce. » Je l'entendis se débattre et pousser un râle – il claqua sa paume contre les planches du mur pour garder l'équilibre.

« Je viens de lui mettre un doigt et il rentre à peine. Je crois qu'elle se crispe encore davantage à chacun de tes coups de langue, Cross. J'ai hâte de pouvoir y enfoncer ma queue, ce sera le paradis.

— C'est... C'est trop, soupira-t-elle.

— Tu parles de mon doigt ? Mais ce n'est que le début. Détends-toi, c'est bientôt fini. Tu dois encore me faire jouir, mais Simon va prendre ma place.

— Oh, fit-elle tandis qu'ils se mettaient en position.

— J'ai bien envie de goûter à ton nectar, » lui dit Simon. Je le vis passer le doigt contre la chatte d'Olivia avant de lécher sa récolte.

« Prête-moi ta main, mon amour, et montre-moi ce que tu as appris. Je suis sûr que tu peux te débrouiller sans mon aide. Ah, c'est bien, » souffla Rhys. Je jetai un œil et vis qu'Olivia le branlait de son propre chef – lui aussi dut appuyer une main contre le mur et serrer l'autre poing.

« Un petit cul parfait, ma belle. Je vais te l'enfiler maintenant, comme l'a fait Rhys. »

Elle gémit, mais elle savait très bien que Simon se montrerait tendre malgré ses mensurations impressionnantes. L'agitation de ces premières expériences anales me donna envie de sucer le clitoris d'Olivia avec encore plus de vigueur et de lui glisser un doigt dans la chatte. J'avais désormais une bonne idée de ce qu'elle aimait, de ce qui la faisait jouir et je m'y appliquai tandis que Simon s'occupait de son cul. Il fallait qu'elle associe tous nos gestes à l'idée de plaisir.

« Cross va te faire jouir, mon ange. Respire à fond et laisse-toi aller. Tu te débrouilles très bien, » soupira-t-il. Elle poussa un nouveau gémissement, submergée par les émotions que lui procuraient toutes nos attentions cumulées. « Ne fais pas trop bruit. Il ne faudrait pas que tout le monde sache que tes hommes te font du bien. »

Elle plongea sa main libre dans mes cheveux et je sus qu'elle était sur le point de jouir. Je sentais les muscles de sa chatte se crisper autour de mon doigt.

« Allez, maintenant. Tu peux jouir pour nous. »

Elle s'exécuta, presque sur commande – son jus lui dégoulinait le long des cuisses et elle se mordit les lèvres afin d'étouffer un cri de plaisir, secouée de spasmes libérateurs.

« Elle me serre la bite comme un étau, » dit Rhys avant de gémir lui aussi. De toute évidence, il ne tarderait plus à jouir.

Je m'assis par terre et essuyai ma bouche d'un revers de la

Leur mariée envoûtée

main avant de lever les yeux vers Olivia. Elle avait les yeux fermés, la peau rougie, la bouche ouverte et elle haletait. Simon continuait à remuer le doigt dans son cul jusqu'à ce que les dernières bribes de plaisir se dissipent. Au moment où elle rouvrit les yeux, il s'éloigna en laissant la robe retomber sur le sol.

« Voilà, c'est pour cette raison qu'on n'est pas venus te trouver ce matin, parce qu'au lieu de nous amuser de cette manière, on n'aurait pas pu s'empêcher de te baiser, de te prendre ta virginité, et une fois qu'on aura commencé, on aura bien du mal à s'arrêter, » lui dis-je. Ses yeux pâles me fixaient, brouillés d'excitation – elle paraissait très contente d'elle.

« On ne s'arrêtera plus pendant des jours, » ajouta Rhys en boutonnant son pantalon.

9

LIVIA

Au cours du voyage jusqu'au ranch de Bridgewater, je ne reparlai pas de mon élan de colère du matin – je ne voulais pas risquer d'évoquer ce que nous avions fait immédiatement après. Bien sûr, je comprenais mieux désormais les raisons qui les avaient poussés à m'abandonner dans cette chambre d'amis, mais je n'aurais pas pu les deviner moi-même. Heureusement, ils avaient compris les raisons initiales de ma colère et ne m'avaient rien reproché, n'avaient même pas crié.

En vingt minutes seulement dans ces écuries, ils m'avaient fait comprendre que mon dépucelage n'allait pas ressembler à ce que j'imaginais. Nous n'allions visiblement pas nous en débarrasser sous les draps, dans le noir.

À ma grande surprise, Cross avait déboutonné son pantalon et sorti... son sexe que je n'imaginais pas de cette taille. J'avais toujours cru qu'ils seraient petits – comment une chose de cette taille allait pouvoir me pénétrer ? Pire, j'avais vu le sexe de Cross gonfler à vue d'œil, s'épaissir, et j'avais dû m'évertuer à penser à autre chose, je m'étais efforcée de pas non plus remarquer les dimensions du pénis de Rhys. Ils m'avaient promis d'attendre notre arrivée au ranch avant de me prendre – me prendre quoi, je n'en étais pas certaine –, il me restait donc encore un court sursis.

Sursis ou non, ils ne s'étaient pas retenus de m'enfoncer leurs doigts entre les fesses, pour au moins deux d'entre eux, et je n'en attendais pas davantage. J'ignorais ce qui se passait entre gens mariés. Aucune des confessions de jeunes épouses que j'avais recueillies n'avait jamais mentionné de telles pratiques. Tout cela me semblait pour le moins étrange. Au moment où Rhys m'avait enfoncé son doigt pour la première fois, ça avait brûlé un peu. Mais après quelques lents va-et-vient, Cross avait commencé à caresser mon sexe et les choses m'avaient paru complètement différentes. L'intensité des sensations – le plaisir que je ressentais à cet endroit – m'avait submergée. Quand Cross avait léché ce point entre mes jambes, j'avais joui – une véritable déflagration. Chaque fois qu'ils m'envoyaient au septième ciel, mon plaisir était plus intense.

Les hommes devaient ressentir des choses similaires, comment expliquer autrement la présence d'un ou plusieurs bordels dans chaque ville ? Leur regard au moment de jouir était... intense et je savais que mes caresses étaient à l'origine de ces émois. Cross m'avait guidée brièvement et j'avais vite compris comment m'y prendre – je n'en revenais pas de sentir leurs sexes doux, chauds et durs contre ma paume. Je n'avais malheureusement pas pu leur accorder toute mon attention, car ils savaient très bien prendre soin de moi. Seule contre trois, je n'avais d'autre choix que de me sentir submergée.

Au cours de notre voyage, je passai de genoux en genoux – les trois hommes se disputaient l'honneur de me prêter leur torse. Je profitais trop de ces attentions pour m'en plaindre et leur stratégie consistait sans doute à me couper l'envie de poser des questions à force de cajoleries. Je faisais donc l'objet d'un partage, mais je n'osais pas m'en plaindre. J'avais vite compris que ces trois hommes étaient possessifs et, même s'ils savaient travailler en équipe, chacun d'entre eux allait sans doute vouloir se réserver un peu de temps seul avec moi.

« Est-ce le cheval dont vous me parliez pendant le bal ? » demandai-je en indiquant l'animal harnaché derrière nous. Après un dernier arrêt, Cross était monté en selle avant de me prendre la main et de m'installer devant lui. « Je pourrais peut-être le monter ?

— C'est bien notre nouvel étalon, mais on ne l'a pas encore dressé, il ne nous connaît pas et on ne veut pas risquer de blesser quelqu'un. Tu n'aimes pas voyager contre tes hommes ? » demanda-t-il en collant son menton contre mon crâne.

En réalité, j'aimais beaucoup me blottir contre eux. « Je n'ai pas encore l'habitude de ce genre de proximité avec les hommes. Ou même, de faire quoi que ce soit avec un homme. Il aurait été inconvenant d'avoir ce type de rapport avec des garçons avant aujourd'hui et puis j'étais tout à fait indépendante. » Cette dernière tournure au passé me dérangeait – j'étais mariée désormais, pourrais-je connaître les mêmes libertés qu'en vivant avec mon oncle ? Certes, je n'avais jamais passé mes journées à minauder dans toute la ville, trop occupée par l'organisation d'œuvres et d'événements caritatifs ou à jouer les hôtesses d'accueil pour mon oncle, mais...

« Oh, fis-je.

— Qu'est-ce qu'il y a ? demanda-t-il.

— Je viens de réaliser que mon oncle organisait beaucoup

de… de soirées dans le seul but de dissimuler sa relation avec les Tannenbaum.

— Comment ça ? »

La démarche chaloupée du cheval me fit basculer contre Cross. Je portais un chapeau, mais sa carrure imposante me protégeait complètement du soleil.

« Il organisait des dîners et Belinda aurait pu jouer les hôtesses à ma place. Il ne gardait notre maison que pour moi. Nous ne nous installions même pas avec les Tannenbaum pour la messe et pourtant Oncle Allen ne les voyait pas souvent, moins qu'il l'aurait souhaité sans doute. Il a tout sacrifié pour moi. »

Cross secoua la tête. « Il ne l'a pas fait seulement pour toi. Tu penses que tes amies et les autres paroissiens auraient accepté qu'il épouse la même femme que Roger ? »

— Sans doute que non. Alors je vais vivre seule avec Simon pour sauver les apparences ?

— Hors de question, mon ange, fit Simon, qui vint nous flanquer d'un côté, tandis que Rhys débarquait de l'autre. À Bridgewater, la norme veut que plusieurs hommes prennent soin de la même épouse. »

Je levai les yeux vers lui, beau et ténébreux avec cette barbe de quelques jours qui lui assombrissait la mâchoire. Son chapeau lui cachait le front et il se montrait à l'aise à cheval. Malgré cette aisance, il guettait continuellement l'horizon afin d'y débusquer la moindre menace. De son côté, Rhys avait l'air plus studieux et plus érudit. Cross laissait toujours éclater sa joie et Simon gardait son sérieux en toute circonstance – ce qui ne diminuait d'aucune manière l'attirance que j'éprouvais à son égard, l'intensité de son regard me renversait.

Ce dernier devait être le plus protecteur des trois, peut-être même le plus possessif. Nous avions quitté Helena sans encombre, mais ils montaient malgré tout la garde au cas où

Peters et ses hommes feraient une apparition. Rien à signaler, jusque-là.

« Je n'avais jamais imaginé que plusieurs hommes puissent épouser la même femme et je dois bien avouer que j'ai du mal à m'y faire.

— Tu ne t'imaginais sans doute pas non plus mariée du jour au lendemain, commenta Rhys. Tout s'est déroulé si vite. »

Il n'avait pas tort, la surprise était inévitable.

« Simon et moi étions dans le même régiment. On était postés dans un petit pays, Mohamir.

— Je crois que c'est du côté de l'Empire Ottoman, non ? »

Rhys sourit. « La géographie n'a aucun secret pour toi. Dans ce pays, la coutume veut qu'une femme épouse plusieurs hommes, parfois des frères, qui jurent tous de la chérir et de la protéger.

— En Angleterre, commença Simon, ces foutus Anglais ne se marient que pour atteindre un rang social plus important ou pour l'argent et les hommes imposent des règles strictes à leurs épouses, mais n'en suivent eux-mêmes aucune.

— Il existe forcément quelques mariages d'amour, protestai-je.

— Bien sûr, mon ange, tu as raison, mais dans le milieu que je fréquentais, ils étaient rares. Les épouses de certains de nos amis se morfondaient tandis que leurs hommes écumaient les bordels et ce comportement nous répugnait. À Mohamir, tous se comportaient avec honneur en revanche et nous souhaitons les imiter.

— Rhys et toi n'avez pas l'intention de vous dégotter votre propre épouse ? » demandai-je à Cross.

Je ne voulais pas envisager qu'ils me quitteraient un jour pour une autre femme – ils étaient tous deux très beaux et n'avaient sans doute que l'embarras du choix. Elles allaient être nombreuses à leur faire la court à l'avenir !

« Non, mon amour. On ne veut que toi.

— On ne voudra jamais personne d'autre, » ajouta Rhys. Il pencha la tête et me lança un regard sombre et intense. « Tu n'y crois sans doute pas pour l'instant, mais ces pratiques mohamiriennes protègent plus particulièrement les femmes, si quelque chose devait arriver à l'un d'entre nous, il te resterait encore deux maris pour te protéger toi et les enfants que nous ne manquerons pas d'avoir. Tu ne manqueras jamais de rien.

— Pourquoi avoir quitté ce pays, s'il vous plaît tant ?

— Notre commandant a commis un acte terrible et fait porter le chapeau à l'un de nos amis, Ian. Il était innocent et pourtant la justice s'entêtait, alors nous sommes partis, expliqua Rhys. On a décidé de rester tous ensemble et de fonder une nouvelle vie. On est arrivés en Amérique dans l'espoir d'y trouver un lopin de terre où nous pourrions imiter les mœurs de Mohamir, tout en échappant à Evans et à ses manigances. »

Je me tournai vers Cross. Il avait les yeux verts, contrairement à Rhys et à Simon. « Et toi ? Tu as un accent américain. Tu n'étais pas avec eux à Mohamir ? »

Il colla un baiser au bout de mon nez. « Je viens de Boston et c'est là qu'ils ont débarqué. Je n'avais pas cette carrure à l'époque, mais je me suis retrouvé mêlé à une bagarre, je protégeais une femme, et ces deux-là m'ont aidé.

— L'histoire ne s'arrête pas là, si ? »

Cross colla son menton contre mon crâne à nouveau, m'empêchant de l'observer. « Tu ne trouveras rien d'intéressant dans mon passé, mon amour. » Il ne voulait visiblement pas parler de son enfance. « Seul Bridgewater compte désormais. C'est notre foyer, notre futur. Tu es notre futur. »

10

HYS

« Vous êtes partis acheter un cheval et vous revenez avec une femme ? » demanda Kane, qui tenait les rênes pendant que Simon brossait sa monture. Kane s'affairait déjà dans les écuries à notre arrivée et il avait tenu à nous aider.

« L'homme qui nous a vendu l'étalon est un enfoiré, il est même sans doute responsable de l'incendie qui a ravagé la maison d'Olivia. » Cross détaillait nos mésaventures à notre ami.

« Donc vous ne l'épousez que pour la protéger ?

— Non, elle nous a plu au premier regard, corrigeai-je. Il ne m'a fallu qu'une danse pour comprendre que nous allions l'épouser. La décision ne faisait aucun doute. »

Kane hocha la tête. Il avait le même teint hâlé que moi, mais il me dépassait de quelques centimètre. Il avait épousé Emma l'été dernier, qu'il avait dû acheter au cours d'une enchère dans un bordel. À l'époque, je n'avais pas complètement compris l'intensité des sentiments qui les avaient secoués, Ian et lui, en découvrant Emma. Ils n'avaient eu qu'une minute ou deux pour se décider, mais ils n'avaient pas tremblé et avaient pris la bonne décision. Comme Cross et moi, ils avaient tout de suite su.

Ian et Kane avaient d'abord protégé Emma des autres enchérisseurs, mais l'avaient finalement épousée par amour. Leurs sentiments étaient évidents. Ils la couvraient de milliers d'attentions et elle avait déjà donné naissance à un premier bambin.

Kane sourit et acquiesça. « Dès que les femmes apprendront son existence, elles vont vouloir la rencontrer.

— Demain, » répondis-je.

Cross secoua la tête. « Dans deux jours. On ne l'a même pas encore baisée.

— Et vous restez là à me parler ? demanda Kane, surpris.

— Simon est resté avec elle à la maison avec elle. » Après la colère qu'elle avait exprimée plus tôt, nous nous efforcions de ne plus la laisser seule désormais – du moins, jusqu'à ce qu'elle s'habitue à son nouvel environnement. « Elle prend un bain. On lui fiche la paix pendant une heure avant de la rejoindre. » Mes paroles se teintaient déjà de désir.

« Allez-y, dit Kane. Allez vous occuper de votre femme. Je vais demander aux autres de m'aider avec les chevaux. Je vous accorde trois jours, considérez que ce jour de repos supplémentaire est un cadeau de mariage, ensuite vous nous la présenterez. »

Dix minutes plus tard, nous passions la porte de la cuisine. Simon était en train de lire un livre.

Il le posa sur la table. « Je n'arrive pas un lire un seul mot, je ne pense qu'à elle, là-haut, dit-il en indiquant le plafond. Nue dans notre baignoire. Hier, je lui donnais son bain et maintenant je suis incapable de la laisser tranquille.

— Non, il n'est plus question de la laisser tranquille, » dis-je en me tournant vers le couloir.

Simon se leva bruyamment, raclant sa chaise contre le sol. « Oui, il est grand temps qu'on s'occupe d'elle, » grommela-t-il.

Olivia allait bientôt vraiment nous appartenir.

Elle n'était pas dans la salle de bain, mais dans la chambre de Simon, nue sous sa serviette de bain. Rien qu'à la regarder, je faillis jouir en un instant. Je jetai sur le lit le sac de godes et de plugs fabriqués à la main et m'approchai d'elle. Notre arrivée la surprenait visiblement, malgré le boucan que nous avions fait en grimpant les escaliers et en courant dans le couloir.

« Votre maison est belle, » dit-elle en examinant la pièce. Notre maison avait de grandes chambres, à nos dimensions, et nous espérions qu'un jour une femme passerait ces nuits dans chacune de nos chambres tour à tour. Il y avait également des pièces supplémentaires que nous réservions à nos futurs enfants. Elles ne seraient plus vides longtemps – si nous nous y prenions bien et que le moment était opportun, notre premier né arriverait peut-être dans neuf mois environ. J'imaginai déjà mon foutre emplir le ventre d'Olivia, je l'imaginai déjà accueillir notre enfant, et ma bite bataillait contre mon pantalon. Elle n'avait qu'à baisser les yeux pour s'en apercevoir.

Impossible de la regarder bavarder comme si de rien n'était, vêtue d'un simple morceau de coton, sans sourire. Elle savait bien ce qui allait arriver – nous lui avions clairement annoncé qu'une fois au ranch nous la déflorerions – et elle était nerveuse. Je ne lui en voulais pas. Trois hommes fougueux et passionnés allaient la déshabiller et lui dérober sa virginité. Compréhensif, je pris une profonde inspiration et tâchai de me calmer.

« Tu as peur ? » demandai-je.

Elle m'adressa un sourire tremblotant. « Vous êtes très intimidants. » Ses yeux pâles se posèrent sur chacun d'entre nous et s'écarquillèrent quand Simon commença à défaire les boutons de sa chemise.

« Non, mon ange. Devant toi, il n'y a que trois hommes qui rêvent de plaire à leur femme, qui souhaitent la conquérir. » Il balança sa chemise sur le lit avant d'enlever ses bottes. Je l'imitai et me déshabillai, il reprit : « On ne te fera pas de mal. On ne t'en fera jamais. Si tu laissais tomber cette serviette, que l'on puisse mieux te voir ? »

Elle hésita un instant, se mordant la lèvre, avant de lâcher le morceau de tissu qui chuta à ses pieds.

À la vue de cette peau soyeuse, de cette poitrine ferme, du pelage sombre entre ses cuisses, je poussai un profond soupir. Ses jambes étaient longues, ses pieds délicats et ses cheveux noués.

Les autres étaient presque nus, alors que je traînais encore – je me débarrassai donc en vitesse de mes derniers vêtements. Ils n'allaient nous servir à rien... pendant les trois prochains jours.

« Il faudra qu'on lui rase la chatte, » commenta Cross.

Simon acquiesça.

Ils se tenaient tous deux devant elle, les bras croisés, la queue collée au nombril.

D'une main, Olivia tenta de nous cacher sa chatte. « Quoi ? Me raser... pourquoi ?

— Tu as aimé notre façon de te lécher, de te sucer et de te brouter le minou la nuit dernière ? » demanda Cross en s'approchant. Elle recula et heurta le lit. « Tu as aimé ce que je t'ai fait ce matin ?

— Ça ne sert à rien de mentir, on connaît la vérité. Tu y as pris du plaisir... trois fois, » dit Simon en grimpant sur le lit pour se placer derrière elle.

Elle jeta un œil par-dessus son épaule avant de nous

regarder, Cross et moi. « Tu as raison, ça m'a plu. J'ai même adoré ça. »

Elle n'arrêtait pas de nous fixer l'un après l'autre, à la fois curieuse et angoissée.

« C'est la première fois que tu vois un homme nu, mon amour ? » demandai-je en coinçant une de ses boucles sombres derrière son oreille.

« Oui.

— Rince-toi l'œil en détaillant Cross. Je vais chercher de quoi t'épiler et Simon te fera prendre la bonne position. »

Depuis le couloir, j'entendis la voix de Cross. « Une fois ta chatte rasée, elle te procurera des sensations plus intenses. Et on ne ratera plus rien de tes petites lèvres roses. »

J'attrapai le savon, une brosse et un gant de toilette avant de revenir dans la chambre. Olivia était adossée à Simon, assis sur le lit, et elle avait écarté les jambes pour me présenter sa chatte. Cross s'était tiré une chaise pour se caler en face d'elle.

Je tendis le matériel à Cross et il se mit au travail.

« Mais je ne veux pas qu'on me rase, » fit-elle en se tortillant. Simon lui agrippait les genoux et la tenait immobile. Elle aurait beau se débattre, il ne céderait pas.

« Mais tes maris veulent te raser, alors tu n'as plus ton mot à dire. »

Cross s'interrompit et posa un doigt contre sa chatte avant de le glisser à l'intérieur. « Ton minou nous appartient, Olivia. Il est à nous. Tu ne pourras bientôt plus en douter. »

Il retira son doigt désormais mouillé et se remit au travail. Elle gémit, visiblement nos contraintes ne la gênaient pas réellement.

Je grimpai sur le lit et me positionnai de manière à pouvoir jouer avec ses seins. Sa peau était douce, sa poitrine ferme et rebondie. Ses tétons se dressèrent devant nos yeux, j'en pinçai d'abord un, puis le deuxième, et Olivia haleta.

« Comme ça ? » demandai-je, ses yeux pâles se posant sur moi.

Cross fit glisser le rasoir contre sa peau délicate et la révéla.

« Rhys, murmura-t-elle.

— Quoi, mon amour ? Oui, ça te plaît ? »

Elle hocha la tête, blottie contre le torse de Simon.

« Et maintenant ? » Peut-être préférait-elle teinter son plaisir d'un peu de douleur, comme quand je tirais le bout de ses seins, quand je la pinçais ? Ou préférait-elle des caresses plus douces et apaisantes, quand je serrais son téton entre mes lèvres, que je léchais et tétais ? Je sentis ses mains plonger dans mes cheveux au moment où je collai ma bouche contre un de ses seins tandis que je caressais l'autre de la main.

« Elle mouille, » dit Cross, essuyant la peau lisse d'un coup de serviette propre.

« Prends mon sac, » lui dis-je alors que je découvrais cette chatte nue pour la première fois. Elle avait des lèvres délicates, d'un rose pur, et elles étincelaient d'excitation.

Cross tendit le bras et tira le sac sur ses genoux pour en sortir les objets que j'avais fabriqués. L'hiver avait été long dans le Montana et, sans femme pour me tenir chaud, j'avais dû me trouver un passe-temps et opté pour le travail du bois. J'avais confectionné beaucoup de jouets pour les épouses de nos amis : des godemichets et des plugs de toutes les formes et toutes les tailles, fabriqués en fonction de leurs goûts. J'en avais également préparés pour notre future mariée, brûlant d'envie de jouer avec elle, mais nous n'en avions utilisé aucun jusque-là.

« Ça va vous servir à quoi ? » demanda Olivia qui fronçait les sourcils. Simon ne lui lâchait pas les jambes, ce qui était une bonne chose, car il la maintenait dans une position parfaite. Cross attrapa un gode très fin et j'approuvai ce choix.

« Tiens. Prends-le, » lui dit Cross en lui montrant.

Olivia agrippa l'objet pour l'inspecter. Le morceau de bois était sombre, très lisse et moins épais que le plus petit de mes doigts, insignifiant à côté de nos queues. Je l'avais fabriqué pour cette occasion, pour la voir se dépuceler elle-même, devant nous. Aucun d'entre nous n'aurait accepté de lui faire le moindre mal et, une fois qu'elle serait débarrassée de son hymen, nous n'aurions plus rien à craindre. Il ne resterait que le plaisir.

Cross posa la paume contre le bas de son ventre et colla le pouce contre sa jolie perle rose. Elle était bien visible désormais et Olivia gémit sous cette caresse. Ses doigts crispés se blanchirent autour du gode.

« Je t'ai préparé beaucoup de surprises qui te feront du bien. Mais pour l'instant, je veux que tu te branles avec ce gode, mon cœur, et que tu perdes ta virginité comme ça.

— Mais... Oh, mon... » gémit-elle. Simon attisait son excitation et elle était déjà bien sensible et réactive. Je recommençai à lui titiller la poitrine, je voulais la voir s'oublier et se perdre dans toutes ces sensations. Je voulais lui donner envie de se branler. « Je pensais que l'un d'entre vous s'occuperait de ça.

— Bientôt, nous le ferons, » gronda Simon qui avait du mal à se contenir. Rien qu'à voir ce corps – ses lèvres entrouvertes, ce long cou, cette poitrine ferme et dressée, ce ventre et ces hanches généreuses, ce minou lisse et le pouce de Cross contre ce clito –, je savais qu'elle était tout ce dont j'avais rêvé. Il ne restait plus que ce minuscule obstacle.

« Il va s'enfoncer sans souci, lui murmurai-je. Et ensuite nous te baiserons. L'un après l'autre.

— Je serai le premier, mon ange, et je n'en peux plus d'attendre. Tu sens ma queue durcie contre tes fesses ? »

Simon lui fit ajuster la position du gode qu'elle pressa comme une petite lance contre sa chatte humide.

« Est-ce que je vais avoir mal ? » me demanda-t-elle, en inclinant la tête, le regard empli de désir. Cross lui massa le clito et elle ferma les yeux. Je l'embrassai – comment m'en empêcher ? –, avant de murmurer : « Si c'est le cas, la douleur ne durera pas. On va te regarder, mon cœur. On va te regarder te préparer pour nous. Un spectacle magnifique.

— Vas-y, mon ange. »

11

LIVIA

Tout arrivait si vite ! L'espace d'un instant, dans mon bain, j'avais pu imaginer mes futurs ébats avec ces hommes, me figurer la perte de ma virginité, et puis ils avaient débarqué d'un coup, arraché leurs vêtements et bombé le torse comme des hommes des cavernes. J'avais toujours rêvé d'un mari qui me couvrirait de petites attentions, qui m'étoufferait d'affection. Bien sûr, Cross, Simon et Rhys m'offraient tout cela. J'allais juste devoir m'habituer à leur ferveur.

Ils me désiraient ! Même une pucelle innocente comme moi pouvait le voir. Plus tôt, j'avais tenu entre mes mains leurs queues, je les avais vus nus et excités. J'aurais été intimidée devant un seul homme viril et bien monté, avec une bite assez grande pour se coller contre son nombril, mais j'en avais trois devant moi. Trois ! Trois hommes et trois queues.

Simon était robuste, imposant et très grand. À tout point de vue. Sa queue bien rouge et son gland gonflé brûlaient de désir. Rhys était plus fin, plus grand encore et sa queue paraissait plus longue, ce qui aurait dû être impossible, car celle de Simon n'avait rien de ridicule. Cross, avec ses cheveux clairs et sa peau pâle, avait des muscles fermes et une touffe blonde juste au-dessus de sa queue – il contrastait avec les deux autres. Mais leurs corps ne racontaient pas toute l'histoire. Leurs regards étaient ceux d'un prédateur, comme s'ils avaient l'intention de me traquer et de me cerner avant de me prendre.

Rien qu'à voir mon corps s'échauffer à cette idée, rien qu'à voir mes tétons se durcir, je savais que je mourais de désir. Je les désirais tous.

Mais j'avais aussi... peur.

J'avais pourtant déjà tout oublié de cette peur quand Simon m'avait écarté les jambes pour me raser. Si leur objectif était de me décontenancer, ils n'auraient pas pu mieux s'y prendre, car jamais je n'aurais imaginé vivre une chose pareille, mais très vite les mots et les caresses de Rhys m'avaient surprise. Tous leurs geste me surprenaient !

Après m'avoir rasée, Cross posa son pouce à un endroit bien précis. Il massait et titillait cette petite boule de nerfs qui propageait une sensation de plaisir jusqu'au bout de mes doigts, de mes orteils, de mes seins et dans toutes les parties de mon corps. En observant le sexe de Cross, tendu entre ses cuisses, je m'imaginais encore qu'il s'enfoncerait en moi, mais ils avaient tiré de leur sac cette tige en bois – un gode, disaient-ils – avec laquelle j'étais censée me dépuceler.

Leurs consignes crispaient mon minou, qui se serra encore quand Cross guida ma main et poussa le gode jusqu'à ma fente. Ma peau rasée était douce, lisse et tellement nue. Je vis le gode disparaître, peu à peu, à l'intérieur de moi. Mon corps se contracta autour, mais ce jouet n'était pas aussi gros que mes hommes et j'en étais frustrée. En voyant que je pouvais le glisser jusqu'au bout si facilement, je compris que quelque chose n'allait pas. La première fois, j'avais entendu dire qu'il devait y avoir une douleur, une déchirure et des saignements. Les hommes voulaient une femme vierge et cette étape représentait un vrai signe, officialisait sa pureté.

J'écarquillai mes yeux de surprise en sentant que je pouvais l'enfoncer complètement.

« Ça... Ça n'a pas fait mal. »

Quelque chose clochait chez moi et ils allaient forcément se dire que j'étais une prostituée !

Je lâchai le gode et agrippai les avant-bras de Cross. Il venait de tout voir et il fallait qu'il comprenne.

« Je vous promets que je suis vierge, vraiment. » Je tentai de me redresser, mais l'emprise de Simon m'en empêchait. Lentement, Cross tira le gode et cette sensation me fit haleter. Il le détailla, ce morceau de bois couvert de mon jus, mais pas du sang d'une vierge.

« Cross, s'il te plaît, il faut que tu me croies ! » Je pleurai. Je me débattis et Simon me relâcha, me laissant m'asseoir. Je n'avais rien pour me couvrir et nulle part où échapper à la présence de ces trois hommes excités. Je n'arrivais pas à savoir ce qu'ils ressentaient. S'imaginaient-ils que je les avais trompés ? Mes larmes coulèrent à mes joues – je ne pouvais pas les arrêter.

Simon m'attrapa par le bras, me tira vers lui, contre sa peau chaude, et je sentis sa queue plaquée contre mon ventre.

« On te croit, ma belle, » dit-il en séchant mes larmes.

Je fronçai les sourcils. « Comment ? Puisqu'il n'y a pas de sang ? »

Rhys haussa les épaules, mais ne parut pas trop préoccupé. « Je crois que parfois, c'est comme ça. Tu te caresses toute seule ? Tu t'enfonces tes doigts ou une sorte de gode ? C'est pas grave si tu le fais, on veut juste voir comment tu te fais du bien. »

Je secouai la tête. « Non, je ne me suis jamais touchée comme ça. Il n'y a que vous... Je n'avais jamais ressenti tout ça avant. »

Les trois hommes sourirent et toutes mes craintes s'envolèrent.

« Tu n'es pas fâché ? souffla-t-elle.

— Non, mon cœur. C'est tellement mieux, on va pouvoir te prendre comme on le souhaite.

— C'est ce que j'imaginais au départ, répliquai-je. Vous m'avez même rasée.

— Oui, mais si on avait dû déchirer ton hymen, tu aurais eu mal. Est-ce que tu as mal, mon cœur ? »

Je fis signe que non. Je... brûlais de désir.

« Dans ce cas, tu vas passer une nuit bien longue, on a hâte de te baiser, de te marquer, de te faire nôtre. » Simon et Cross échangèrent leurs places – je me souvins que Simon avait promis d'être le premier.

Cross me tira contre lui pour m'embrasser, plongeant sa langue entre mes lèvres. J'étais excitée de découvrir le goût de mon propre désir. Il avait posé sa main contre ma nuque, me tenant comme il voulait, et il me dominait. Son désir était évident, dans ce contact, ce baiser, cette respiration même.

Il se redressa, le souffle court. « C'est le moment, tu vas devoir nous laisser faire. »

J'étais soulagée de savoir qu'ils me croyaient et je suivais leurs consignes sans ciller – le baiser avait certainement aidé. Je voulais leur faire plaisir et j'étais frustrée à chaque contretemps ou à chaque défaut que je percevais en moi. Mais tout cela était sans importance, je ne voyais plus que les lèvres de Cross, irritées par notre baiser, que ses yeux qui promettaient de me révéler tant de secrets. Il ne me restait plus qu'à me laisser aller, qu'à apprendre.

Tous les trois s'écartèrent pour me laisser de la place et Cross m'embrassa encore une fois. Rhys s'occupa de ma poitrine – il ne s'en lassait visiblement pas –, Simon se plaça entre mes cuisses et posa sa langue juste à l'endroit qu'avait caressé Cross du bout du pouce.

Ils étaient tous de véritables guerriers, pleins d'énergie – aucun adversaire ne pouvait résister à leur volonté pure. Je n'étais bien sûr pas leur ennemie, mais ils m'assiégeaient et j'étais sans défense devant eux, complètement à leur merci. Je basculai la tête en arrière et fermai les yeux en sentant les délicieuses caresses de Rhys, qui savait s'y prendre avec mes tétons. Ma peau commençait à se couvrir d'un soupçon de sueur à mesure que grandissait mon excitation. Ils m'avaient déjà fait jouir plusieurs fois et je savais que je n'allais pas tarder. Je gémis et sentis mon ventre se contracter, mes genoux crisper autour de Simon entre mes cuisses – je ne voulais surtout pas qu''il bouge ou qu'il arrête. Je voulais qu'il reste juste… là… et… lèche… encore. Oui !

Je criai de joie, les muscles tendus, le dos cambré – je sentais ma chatte se crisper, frustrée… Ce mince gode ne m'avait pas rassasiée. Ils ne s'interrompirent pas, mais Cross arrêta de m'embrasser, passant doucement une main dans mes cheveux et me parlant d'une voix rauque.

« Tu es si belle. J'adore te voir jouir. »

Je sentis le lit s'affaisser avant que les genoux de Simon n'écartent mes cuisses – il s'installait au creux de mes hanches, sa queue caressa mon fruit juteux. Je jouis encore une fois – de merveilleuses sensations firent battre mon cœur, le sang rugit à mes oreilles – au moment où son gland étira ma fente et me pénétra.

« Oui ! » criai-je – mon minou se sentait enfin comblé.

« Dieu, que c'est étroit. »

Je levai les yeux vers Simon, son regard sombre devenait noir. Ses cheveux lui tombaient sur le front et il avait le visage fermé, un cou fin. Il s'appuyait sur ses avant-bras, ses poils de torse me chatouillaient la poitrine et tourmentaient mes tétons. Rhys et Cross nous regardaient en se caressant. Lentement, Simon s'enfonça en moi, un centimètre à la fois. Je venais à peine de jouir, mais cette nouvelle sensation, me sentir étirée, remplie, raviva mon excitation. J'avais de la souplesse à revendre et je serrai mes jambes autour des hanches de Simon, lui permettant ainsi de mieux me prendre. Il se cala finalement contre mes fesses.

Toutes ces sensations me firent écarquiller les yeux et il me regarda attentivement.

« Est-ce que je te fais mal ? » demanda-t-il d'une voix orageuse.

Je secouai la tête et crispai les muscles de ma chatte, testant mon corps.

« Non, ne fais pas ça, à moins que tu veuilles que je bouge. »

Je souris et le fis encore. Il gémit et serra les dents. « Je veux que tu bouges. »

Il ouvrit grand les yeux et sourit – son sourire aveuglant et l'intensité de son regard me firent défaillir.

« J'ai besoin de te sentir bouger, Simon. »

Il le fit, lentement d'abord, mais sentant que je me cambrais pour mieux le sentir, que je me collais à lui, il ne se retint plus.

Je remontai mes cuisses au niveau de sa taille et m'agrippai à ses épaules. « Oui ! » cria-t-il – sa queue qui me caressait à l'intérieur m'emporta très vite au bord de l'orgasme. À chaque coup de butoir, il frottait mon clitoris et je me laissai aller à la jouissance tandis qu'il continuait son va-et-vient. C'était mieux que tout ce que j'avais connu avant, j'étais heureuse de savoir qu'il pouvait me faire jouir, qu'il suffisait de nous unir, que je sente sa bite en moi. Je criai, je ne pouvais pas me retenir. Je me sentais détendue et je mouillais abondamment – comme en témoignait le bruit que produisaient nos ébats. La respiration de Simon était irrégulière, il se raidit tout à coup, s'enfonça complètement et gémit. Je sentis sa semence chaude et épaisse qui inondait mon ventre, me recouvrant et me marquant. Il n'y avait aucun doute, j'étais à lui.

Il m'embrassa doucement, mêlant nos souffles avant de s'écarter. Il était encore à l'intérieur de moi, je sentais ma mouille dégouliner autour de sa queue et je gémis quand il se retira.

« Je suis sans voix, mon ange, » dit-il en se levant. Trop heureuse, j'en oubliai de serrer mes cuisses et détaillai sa queue mouillée par nos jus mélangés, encore bien dure. Le visage plus détendu, il m'adressait un sourire doux. Il semblait satisfait et je sentis un élan de... je ne sais quoi... de savoir que j'étais la seule à pouvoir lui offrir cela.

Rhys se leva et se plaça devant moi – un liquide clair perlait au bout de sa queue qu'il agrippait. « J'adore te voir comme ça. Notre femme, rassasiée de plaisir, ta jolie chatte couverte de notre foutre. À mon tour, mon amour. »

Il s'installa entre mes cuisses et colla sa queue contre ma fente. Appuyé sur ses mains, il me regarda : « Tu n'as pas trop mal ? »

Je secouai la tête, pressée de lui donner son tour. Il agrippa une de mes jambes et plaqua mon genou contre sa hanche. Une fois sa queue bien orientée, il me pénétra à fond dans un mouvement lent et doux.

« Oh ! » J'eus le souffle coupé. Il avait choisi un angle différent de celui de Simon. Il ne me procurait pas les mêmes sensations et, quand il commença à bouger, je compris qu'il baisait différemment aussi. Simon était doux, peut-être à cause de sa taille imposante – sans doute avait-il peur de me blesser –, mais il s'était peu à peu emporté, s'était montré plus ferme, sans jamais me faire mal.

Les mouvements de Rhys étaient plus délibérés, comme s'il savait exactement comment me faire jouir le plus rapidement possible. Il était presque impitoyable dans ses caresses, précis dans ses mouvements. « Tu es chaude et bien humide. C'est incroyable. »

Je lui souris et il se pencha pour m'embrasser tout en remuant les hanches, me baisant encore et encore.

« Tu vas jouir pour moi. »

Il le dit comme si je n'avais pas le choix. Peut-être que je ne l'avais plus, car il utilisait sa queue comme une arme et je ne pouvais effectivement pas lui résister. Je ne pouvais que céder, sans rechigner. Je me crispai et essayai de le retenir en moi, il jouit d'un coup sec, un son guttural s'échappant de ses lèvres, collées contre les miennes.

Quand il se retira, un flot de foutre coula le long de mes cuisses et Rhys se plaça devant moi, tout comme Simon, fier de lui.

« C'est au tour de Cross maintenant. Tu ne voudrais pas qu'il se sente délaissé, pas vrai ? » Simon était assis au bord du lit, le dos appuyé contre la tête de lit en laiton. Cross était le seul à avoir l'air tendu et je savais pourquoi.

« Redresse-toi, » dit Cross.

Lentement, parce que mes muscles étaient aussi relâchés et détendus que du caramel mou, je m'agenouillai, dégoulinante de foutre. Cross me détailla et glissa un doigt entre mes cuisses. « Je vais en rajouter, » jura-t-il.

Il se cala contre la tête du lit, le dos appuyé contre les oreillers. « Comment tu montes à cheval ? » demanda-t-il.

Je fronçai les sourcils, surprise. « Plutôt bien. »

Il sourit et tendit la main. « Bien. Fais comme si j'étais ton étalon et emmène-moi faire un tour. »

Je jetai un coup d'œil à sa bite, épaisse et dressée, prête à me baiser.

« Chevauche-le, » ordonna Rhys.

Je pris la main de Cross et plaçai mes genoux de chaque côté de ses hanches.

« C'est à toi de remuer sur ma bite. »

Je posai une main contre son épaule pour garder l'équilibre, je croisai son regard pâle tout en bougeant mes hanches pour sentir son gland contre ma fente. Avec tout ce foutre, il n'était pas dur de le faire glisser en moi. J'écarquillai les yeux en le sentant s'enfoncer en moi. Les sensations étaient tellement différentes dans cette position. Je pouvais dévisager Cross, lire son expression quand il sentit mon corps s'ouvrir à lui. Quand il finit par me pénétrer complètement, je pus m'asseoir complètement sur ses cuisses et nous gémîmes tous deux.

« Vas-y, Olivia. S'il te plaît. J'ai été patient, mais je n'en peux plus, c'est trop bon. Baise-moi et baise-moi fort. Je veux voir tes seins se balancer. Je veux te voir jouir. »

Avec précaution, je me redressai en me mordant la lèvre, déterminée à bien faire les choses. Je vis le regard de Cross s'embraser. À mon premier coup de rein, je heurtai mon clitoris contre son ventre et je gémis en remuant mes hanches, en me frottant contre lui. Je voulais le sentir complètement en moi et j'avais besoin de masser mon clitoris. Cette combinaison me faisait remuer. Je n'avais pas d'autre choix car mon corps prenait le dessus, mes besoins dominaient mes pensées et je me laissais aller aveuglément, sans réfléchir, à mon plaisir.

Je savais que les autres nous regardaient. Je savais que je me servais de Cross comme je le voulais. Je savais qu'ils pourraient me trouver bien dévergondée, en voyant mes seins s'agiter au rythme de mes mouvements agressifs, mais je m'en fichais. Ils m'avaient déjà baisée deux fois, je savais qu'ils étaient passionnés et ils avaient déchaîné cette passion en moi. Je me servis donc de la bite de Cross à ma guise,

Leur mariée envoûtée

encore et encore, jusqu'à crier en agrippant ses épaules assez fort pour y laisser des marques.

J'ouvris grand les yeux devant l'intensité du plaisir que me procurait cette nouvelle position.

Cross souffla. « Elle est en train de me traire la bite. Je ne peux pas me retenir. Vas-y, mon amour, à fond, » grogna Cross.

Il poussa ses hanches vers le haut, contre moi, se vidant comme un geyser, faisant irruption dans mon ventre, m'inondant de son foutre chaud. Je tombai en avant contre sa poitrine, mes seins et mon ventre moites contre le sien. J'essayai de reprendre mon souffle en écoutant son cœur se calmer doucement. Je ne pouvais rien faire du tout, je me laissais faire. Je ne savais pas à qui appartenaient les mains qui me caressaient le dos et je m'en foutais, car même s'ils étaient tous différents, je savais qu'ils étaient tous à moi. Un seul homme me touchait le dos, mais je leur appartenais à tous. Je m'endormis avec cette dernière pensée.

12

Simon

« Bonjour, mon cœur. »

Olivia s'agita dans mes bras, son cul frotta contre ma bite déjà dure. Très vite, elle s'était endormie et je l'avais mise sous les couvertures avant de m'installer derrière elle, un bras autour de sa taille, une main contre sa poitrine. J'aurais dû avoir du mal à dormir, n'étant pas habitué à partager mon lit, mais la sentir blottie confortablement contre moi m'apporta un merveilleux sommeil réparateur. Habituellement, j'étais réveillé par des cauchemars, enchevêtré dans mes draps, le corps trempé de sueur, en poussant un gémissement ou en étouffant un sanglot, mais cette nuit avait été calme, j'avais gardé l'esprit tranquille.

Elle se raidit brièvement puis, comprenant où elle était et qui la tenait, elle se détendit.

« Bonjour, répondit-elle d'une voix timide. Où sont les autres ?

— On va passer tout notre temps ensemble. Ils dorment dans leur propre lit.

— Vous allez vous relayer avec moi ? »

Je haussai les épaules avant de froncer les sourcils en y réfléchissant. « Tu dis ça comme si tu étais un jouet et que nous étions un groupe de gamins. »

Elle se tourna pour me regarder, avec ses yeux clairs et lumineux d'espièglerie. « Oui, je crois que c'est une bonne description. »

Impossible de m'en empêcher, je la poussai sur le dos et me calai au-dessus d'elle. Nous remuions de concert – son doux parfum et la saveur du sexe se mêlaient autour de nous. Un mélange enivrant qui me rappelait qu'elle était douce, pulpeuse et féminine, mais surtout qu'elle était l'amante vorace que nous avions découverte la nuit précédente.

« Tu ne veux pas faire connaissance avec moi ? » demandai-je.

Elle acquiesça contre son oreiller. « Tu es le baraqué. » Elle passa sa petite main contre mon torse et je contractai les muscles de mon ventre en la sentant descendre plus bas, sans empoigner ma bite. Elle n'était pas encore véritablement entreprenante, mais elle ne tarderait pas à le devenir. « Je pense aussi que tu es le plus mélancolique, celui qui s'inquiète le plus. »

Elle était perspicace et me fit détourner le regard, craignant que mes yeux ne trahissent tous mes secrets. Rhys avait bien sûr découvert la cruauté de son colonel en même que le reste du régiment, mais il n'avait pas été là quand Evans avait massacré cette pauvre famille. Ce spectacle me hantait encore. Notre ami Ian avait porté le chapeau, mais il n'était pas le seul à devoir en subir les conséquences.

« Je prends mes responsabilités au sérieux, tu sais, et je suis responsable de toi maintenant. Tu as mal ? » Je la soulevai pour examiner son corps nu. Ses tétons couleur corail ne demandaient qu'à être léchés et sucés. La douce chair entre ses cuisses méritait d'être caressée.

D'une main, elle me força à relever la tête et à croiser son regard. « Tu changes de sujet. Tu n'es pas obligé de me protéger de tout, » dit-elle.

Cette simple déclaration me fit fondre. Je pouvais d'ores et déjà compter sur Rhys et Cross, mais ce petit bout de femme se proposait également d'être ma protectrice.

« Ma petite lionne, murmurai-je. Ne t'inquiète pas, mon ange. Il n'y a que mes rêves qui me hantent. Assez parlé de moi, tu n'as pas répondu à ma question. Tu as mal quelque part ? »

Elle continua à me regarder quelques instants avant de répondre. « J'ai un peu mal... juste là, mais je ne m'en plains pas du tout.

— Quand je laboure un champ, mon dos me fait mal le lendemain. » Je repoussai les mèches de cheveux noirs qui lui cachaient le visage. « Mais quand je laboure ton champ (elle me donna une petite tape sur le bras et je souris), c'est toi qui as mal.

— Simon, répondit-elle en levant les yeux au ciel.

— Je parie que tu meurs d'envie de me sentir, de sentir ma queue. »

Elle détourna les yeux, mais je l'attrapai par le menton. « Non, mon cœur. À ton tour de répondre à mes questions. Inutile d'être gênée. Ton corps, quand nous sommes seuls, il m'appartient. »

Ses yeux pâles s'écarquillèrent et elle se lécha les lèvres. « Je... je me sens vide. »

Je ne pus pas retenir un râle de plaisir et me déplaçai de manière à plaquer ma queue contre son ventre. « Tu veux que je te remplisse la chatte ? »

Elle se mordit la lèvre, leva les yeux vers moi, puis acquiesça timidement.

Je brûlais de réaliser tous les désirs de mon épouse.

CROSS

« Je ne pense pas que trois jours suffiront, » dis-je en frottant une assiette. Deux jours qu'Olivia avait découvert le ranch pour la première fois et nous allions bientôt devoir la présenter aux autres. « Emma, Ann et Laurel rendent forcément leurs hommes fous d'impatience.

— Faire jouir Olivia est plus important que lui faire rencontrer les autres femmes. Elles n'ont toutes que deux hommes à partager ; Olivia en a trois. On devrait avoir un jour de plus, grommela Rhys.

— Ce n'est pas comme si nous l'abandonnions, emmène-la déjeuner, répondit Simon. Je suis content qu'elle ait récupéré une malle, elle va pouvoir retrouver certaines de ses affaires. Son sourire quand Andrew la lui a livrée était vraiment époustouflant. Elle va pouvoir se sentir à l'aise dans ses vêtements. »

Je grognai à l'idée de la voir à nouveau vêtue – elle était presque toujours nue depuis deux jours.

« On déjeune et après on peut la ramener à la maison et la baiser, ajouta Simon.

— Vous avez tous les deux eu une nuit avec elle. » J'entendais le grincement dans ma voix. Bon Dieu, ce n'était pas de la mauvaise humeur, c'était un désir non assouvi. « Je me suis couché dans mon lit en sachant qu'elle n'était pas loin, qu'elle était nue et chaude... sans moi. Tu lui as fait quoi en plein milieu de la nuit ? » demandai-je à Rhys qui avait un très large sourire.

« Elle est allée aux toilettes et quand elle est revenue, je l'ai plaquée contre le lit et l'ai baisée par derrière. Tu aurais pu nous rejoindre. Tu aurais pu lui apprendre à te sucer. »

Je pouvais l'imaginer nue et cambrée contre le lit, le cul en l'air, les jambes écartées pour révéler sa belle chatte. J'imaginais également sa bouche grande ouverte autour de ma bite. Je râlai tout en continuant à faire la vaisselle, en redoublant de vigueur.

« Mais ce n'est pas ça que tu as entendu, » ajouta-t-il. Je lui jetai un coup d'œil par-dessus mon épaule et il lâcha quelques détails dans le seul but de me narguer, son sourire le trahissait. « Elle a surtout fait beaucoup de bruit quand je lui ai enfoncé le plug dans le cul. C'était la première fois. Il n'était pas très gros, mais elle n'a pas encore l'habitude. Je lui ai laissé pendant que je la baisais et puis tout le reste de la nuit. T'imagines quand on va lui foutre nos bites dans ce trou. Le bonheur. »

Je ne pouvais plus supporter ce supplice. Je posai le plat, m'essuyai les mains sur mon pantalon et me dirigeai vers l'entrée.

« Pense bien à utiliser un plug un peu plus grand ce soir, me cria Rhys tandis que Simon éclatait de rire.

— On la prendra tous ensemble à partir de maintenant. Je n'aime pas attendre mon tour, » rétorquai-je.

Je montai les marches quatre à quatre et entrai dans la salle de bain. Olivia s'y prélassait encore – on la salissait assez souvent – et mon arrivée soudaine la surprit.

Elle ne faisait déjà plus mine de se couvrir devant moi. Je le remarquai d'emblée. Elle avait perdu un peu de ses inhibitions, mais la rougeur de ses joues montrait qu'elle tenait encore à son innocence. Après ce que Rhys lui avait fait la veille et ce que j'avais prévu pour ce soir, elle ne serait pourtant plus innocente bien longtemps.

« J'ai entendu dire que Rhys t'enfonçait des plugs dans le cul. »

Elle rougit encore plus furieusement encore, immergée dans son bain. Je tendis la main pour l'aider à en sortir et attrapai une serviette pour commencer à la sécher. « Alors ? demandai-je.

— Tu as l'air en colère. »

Je secouai la tête et me mis à genoux pour lui sécher une jambe, puis l'autre. J'étais bien en face de sa chatte lisse et nue, ma bouche en salivait d'avance. « Non, je ne suis pas en colère. Plein de désir, oui. J'ai envie de toi. C'est à mon tour de jouer.

— Et moi, je n'ai jamais le droit de jouer ? »

Je m'arrêtai, les mains sur ses jambes, et levai les yeux sur ses formes pulpeuses. « Ce n'est pas ce que tu fais à chaque fois ?

— Si, mais vous me dites toujours ce que je dois faire. »

Je recommençai à la sécher, lentement pour pouvoir savourer le moment. « Tu veux dire que tu veux prendre les choses en main ? »

Elle réfléchit un instant. « Oui, peut-être que je le veux. »

Je me levai et séchai son ventre puis ses seins en m'y attardant. J'adorais leur forme luxuriante, leur poids, la façon dont les tétons charnus se dressaient au moindre contact. « Ton dépucelage anal n'est pas négociable.

— Mais... »

Je lui fis signe de se taire en posant un doigt sur ses lèvres.

« Tu ne veux pas que nous puissions te prendre tous les trois en même temps ? »

Je retirai mon doigt et elle répondit : « Si.

— Alors il faut qu'on te prépare le cul à accueillir une bite. Tu sais que nous sommes tous bien montés. On ne veut pas te blesser. N'oublie pas, on ne te fera que du bien. » Elle acquiesça et je poursuivis, « On va t'enfoncer un plug un peu plus gros dans ce petit trou délectable et après tu pourras prendre les choses en main. Tout le reste de la nuit.

— Est-ce que je dois garder le plug toute la nuit ? demanda-t-elle en arquant un sourcil noir.

— Au moins quelques heures. J'ai des besoins cependant, mon amour, alors si tu prends les choses en main, c'est à toi de les satisfaire. »

13

LIVIA

« COMMENT ARRIVES-TU À T'OCCUPER DE TROIS HOMMES ? » demanda Emma, qui avait de beaux cheveux noirs et des yeux écarquillés.

Elle était mariée à Kane et Ian, qui nous avaient attendu devant leur porte d'entrée. À en juger par leurs accents, ils étaient respectivement anglais et écossais, tout comme Rhys et Simon, et ils avaient appartenu au même régiment de l'armée. J'attisais visiblement autant la curiosité d'Ann et de Laurel que celle d'Emma, et elles me guidèrent dans la cuisine à l'écart des hommes. Ann était une petite blonde, tandis que Laurel était une rousse aux yeux verts. Elles me firent asseoir à la table de la cuisine et couper des carottes pendant qu'elles s'affairaient, qu'elles faisaient revenir, mélangeaient ou vérifiaient que rien ne brûlait.

Je n'étais pas très à l'aise dans une cuisine. J'avais l'habitude de préparer des repas simples que je partageais avec Oncle Allen, mais je n'aurais pas su composer un repas pour quinze, j'étais donc heureuse d'accomplir ces quelques tâches rudimentaires. Je compris que tout le monde à Bridgewater mangeait ensemble – sauf les nouveaux mariés, qui pouvaient garder le lit pendant trois jours – et assurait à tour de rôle la casquette de chef ou s'occupait de la plonge. Je trouvai d'abord étrange que tous les repas se déroulent chez Kane, Ian et Emma, mais leur maison était la plus grande et leur salle à manger était particulièrement imposante. Il n'y avait parmi nous que deux hommes célibataires – le frère de Simon et un certain MacDonald – qui n'étaient pas encore là à notre arrivée. Les femme s'étaient portées volontaires pour cuisiner – de toute évidence, dans le seul but de pouvoir m'interroger à leur aise.

« Eh bien, je n'ai rien connu d'autre, » répondis-je. J'avais grandi en rêvant à un seul mari, mais je n'avais connu que cette situation.

« Bien sûr, mais les hommes ont tellement de besoins à assouvir. Tu n'es pas épuisée ? » demanda Ann en rougissant. Elle était déjà mariée depuis longtemps à Robert et Andrew. Ils avaient un fils de huit mois, qui rampait par terre sous la surveillance de son père, qui venait de se présenter. « Tu es forcément épuisée avec ces trois-là... »

Elles rigolèrent toutes.

« Avec Brody et Mason, je n'ai pas pu sortir du lit pendant deux jours, » affirma Laurel. Elle s'était mariée cet hiver et menait visiblement une vie tranquille depuis que ses hommes l'avaient sauvée d'une tempête de neige.

« Je crois, commençai-je avant de couper bruyamment une grosse carotte, ...qu'ils aiment... »

Impossible de continuer. Je m'habituais peu à peu à cette intimité que je partageais avec mes hommes, mais je ne savais pas comment parler de ces choses avec des femmes.

« Tu peux tout nous dire. On est très ouverts à

Bridgewater, affirma Emma. Mon premier jour au ranch, Kane et Ian m'ont rasé la chatte et m'ont enfoncé un plug dans le cul, alors que le mari de Laurel se trouvait juste devant notre porte. »

Je restai bouche bée. « Devant votre... »

Laurel acquiesça et leva les yeux au ciel. « Oh, il n'a rien vu. Et dès que nous avons besoin de quelque chose, nos hommes se plient en quatre. »

Je fronçai les sourcils. « Je crois que mes époux sont un peu plus pudiques. Oui, ils aiment me partager, mais ils préfèrent passer du temps seuls avec moi, admis-je. C'est pour ça qu'on s'est isolés trois jours. Ils... m'ont d'abord baisée tous les trois ensemble (je rougis, mais continuai), mais ensuite chacun leur tour.

— Tu vois ? Tant de choses à assouvir, commenta Ann.

— Tu es heureuse ? » demanda Emma. Un cri de bébé vint d'en haut et elle sourit. « Ellie est réveillée.

— Tu ne vas pas la chercher ? »

Emma secoua la tête et commença à défaire le corsage de sa robe. « Non. Kane et Ian la couvent terriblement. Au moindre petit gémissement, ils sont là. L'un d'eux va me la ramener pour qu'elle tète. Dis-nous, avant qu'ils n'arrivent, tu es heureuse ? »

Je réfléchis. Rhys, Cross et Simon étaient adorables avec moi. Attentifs, posés, agressifs, dominateurs, passionnés... La liste de leur qualités était longue et je ne regrettais rien – à part peut-être ce plug qu'ils s'acharnaient à me coller dans le cul. Non... j'étais heureuse.

« Jusqu'ici, oui, » répondis-je, sans vouloir trop m'avancer. Quelque chose me tracassait encore cependant, mes hommes ne me racontaient pas tous leurs secrets. Ils en savaient beaucoup sur moi, mais je ne savais pas grand-chose d'eux. Les choses évolueraient avec le temps, sauf s'ils ne partageaient jamais rien avec moi.

« J'ai le sentiment qu'ils ont eu un passé difficile, » lançai-je.

Des pas lourds et des plaisanteries idiotes résonnèrent.

« C'est sans doute Ian et Ellie, dit Emma en souriant et en ajustant sa robe pour révéler sa poitrine. C'est un homme imposant, mais il fond dès qu'il s'approche de sa fille. »

Ian entra en berçant un bébé. Ellie avait trois mois et elle paraissait minuscule dans les bras de son père. Il lui fredonnait quelque chose dans une langue étrange, peut-être du gaélique. Il embrassa les cheveux noirs du bébé, les mêmes que ceux de sa mère, avant de la passer à son épouse. Emma la cala contre sa poitrine. Ian observa sa femme et son bébé pendant un moment, se pencha et embrassa le sommet de la tête d'Emma avec vénération avant de partir.

En découvrant les relations d'Emma avec l'un de ses maris, je restai pensive. Oncle Allen m'avait toujours aimée, toujours choyée, mais il avait entretenu une famille secrète, une famille dans laquelle il ne souhaitait pas m'inclure. Bien sûr, j'avais toujours connu les Tannenbaum, j'étais même très amie avec leur fils, Tyler, parti à Billings l'année dernière.

Tyler avait deux ans de plus que moi et nous avions grandi ensemble. Ses parents l'adoraient, mais les Tannenbaum n'étaient pas ses seuls parents. Il avait aussi Oncle Allen. Était-il secrètement le père de Tyler, sans que je n'en sache jamais rien ? Ils m'avaient gardé à l'écart tout ce temps. Tyler connaissait sûrement l'arrangement de ses parents – deux pères et une mère –, il savait peut-être même que nous étions cousins, mais n'avait pas jugé utile de me le dire. Mes parents étaient morts dans un accident en se rendant à Bozeman.

Découvrir les secrets d'Oncle Allen me laissait un goût amer de trahison, comme s'il ne m'avait jamais acceptée.

J'avais le sentiment d'être une étrangère en regardant Emma, Ian et leur bébé. Les liens existaient entre eux. Les autres femmes avaient leur place dans le ranch, chacune d'entre elles ayant une vie amoureuse avec leurs hommes. Mais moi ? J'étais perdue. Je me sentais... seule et de mauvaise humeur. Je ne connaissais rien de Rhys, de Cross ou de Simon et cela ne faisait qu'ajouter à mon mal-être.

Une fois qu'Emma eut installé le bébé pour l'allaiter, les autres femmes échangèrent des regards, avant de se tourner vers moi. Le repas était oublié, du moins pour le moment. « Tu voulais en savoir plus à propos de leur passé. Je pense qu'ils ont tous eu des difficultés, Ian en particulier. » Emma avait l'air à la fois pensive et en colère, probablement parce qu'elle voulait protéger son homme de ses fardeaux, mais qu'elle ne pouvait rien y faire. « J'ai entendu parler de ce qui leur est arrivé – à Simon et à Rhys – à Mohamir, je sais que Ian est recherché pour des crimes qu'il n'a pas commis, me confia Emma d'une voix amère. Mais ils ne veulent pas nous raconter ces crimes plus en détail. Je sais juste que leur commandant, Evans, a tué des innocents.

— Simon a fait un cauchemar l'autre nuit et s'est réveillé en criant le mot « alea, » mais je ne sais pas ce que ça veut dire, ni si c'est la langue de ce pays ou un nom. Je lui ai demandé s'il allait bien, il m'a dit de ne pas me faire de soucis et il s'est rendormi contre moi. » Je haussai les épaules. « Le passé semble lui peser. Pareil pour Cross. Il n'était pourtant même pas avec eux à Mohamir. Il fait allusion à son enfance de temps en temps, une enfance épouvantable, mais il ne veut jamais m'en dire plus. »

Ils avaient tous des secrets, semblait-il. Tout le monde voulait me cacher des choses.

Laurel se montrait compréhensive. « Tes maris sont sans doute plus pudiques, mais nous ne savons pas grand-chose non plus. Avec le temps, ils se confieront, s'ils le souhaitent. Prends soin d'eux, traite-les aussi bien qu'ils te traitent. Ils ont beau être grands et imposants, surtout Simon, ils ont malgré tout leurs faiblesses, ils ne les montrent tout simplement pas souvent.

— N'oublions pas les biscuits, rappela Emma, qui alla guetter le four.

— Leur plus grande faiblesse, c'est toi maintenant, Olivia, » remarqua Ann, laissant passer Laurel qui allait remuer le contenu d'une casserole. « Ils vont s'occuper de ton ennemi. »

Dès que nous étions arrivés, Rhys avait raconté à tout le monde comment nous nous étions rencontrés – les menaces de M. Peters, etc. – et je me sentais coupable. En m'épousant, ils avaient juré de me protéger, mais ils allaient également devoir se défendre contre cette crapule. Ils allaient devoir assumer mes fardeaux, en plus des leurs qui avaient l'air nombreux. Faisaient-ils tout cela parce qu'ils se sentaient coupables de faire affaire avec cet homme ?

« Heureusement que ça ne t'embête pas trop que ce cheval vienne de lui, » fit Laurel, qui déplaçait quelques serviettes sur un plateau.

J'arrêtai de couper, le couteau en l'air. Je n'avais bien sûr pas oublié que ce cheval venait de M. Peters, je le savais au fond de moi. Mais cela soulevait des questions que je n'avais pas considérées auparavant – des questions qui ne me venaient que maintenant, alors que j'étais mariée et retranchée à Bridgewater.

Je me levai et leur adressai un petit sourire, tout en m'essuyant les mains. « Vous m'excusez un instant ? »

Elles me regardèrent avec surprise. Je partais en plein milieu d'une conversation, mais elles acquiescèrent. Je quittai la cuisine et suivis les voix des hommes dans l'entrée principale. Des chaises confortables faisaient face à une cheminée vide. Ils étaient onze dans la pièce et n'avaient pas tous une place où s'asseoir, certains s'appuyaient contre le mur, à l'aise et volubiles. En me voyant arriver, ils se levèrent tous. Ils m'observaient, mais seuls les regards de mes époux étincelaient de désir.

Rhys s'approcha de moi le premier, suivi de Cross et de Simon. « Tout va bien ? » Ils m'examinaient comme pour confirmer qu'il ne m'était rien arrivé dans ce court laps de temps.

« Pourquoi avez-vous gardé le cheval de M. Peters ? » demandai-je.

À cette question, Simon fronça les sourcils. « Y aurait-il quelque chose qui cloche avec l'animal ? » demanda-t-il.

Je secouai la tête. « C'est un bon cheval, mais si vous détestez tant l'homme qui vous l'a vendu, pourquoi faire affaire avec lui ?

— On ne connaissait rien de lui et de ses agissements avant notre accord, remarqua Simon. Rappelle-toi, je n'étais pas au bal avec les autres, je fêtais la vente avec Peters au saloon. » Il n'avait pas l'air heureux de cette situation.

Je me rappelai la première fois où j'avais vu Simon – devant chez moi, alors que je ne portais que ma robe de chambre –, je me rappelai son regard inquiet et son expression étrange. Je ne m'en étais pas rendue compte alors, mais cette expression était du désir.

« Mais vous avez donné votre argent à un homme que je n'aime pas, que mon oncle n'aime pas et, d'après ce que je comprends, que vous n'aimez pas non plus. »

Rhys s'affala contre le dossier d'une chaise et se retrouva à ma hauteur. « On voulait le cheval, pas lui. Nos relations avec ce tordu sont terminées.

— Mais pourquoi faire des affaires avec un homme... tordu ? (Je me redressai, les mains sur les hanches.) Tu sais ce que je ressens à son égard.

— Tu voulais qu'on rende le cheval, c'est ça ? demanda Cross. Tu veux qu'on choisisse entre toi et le cheval ? »

Était-ce le cas ? Je me sentis soudain en colère – ils étaient heureux d'enrichir cet homme... déshonorant.

« Je n'y avais juste pas songé jusque-là. Vous êtes tous très distrayants. » Les trois hommes affichèrent des sourires de connivence. « Mais vous avez l'air de tolérer son comportement. »

Rhys plissa les yeux.

« Tout comme nous tolérons ton comportement en ce moment, répliqua Rhys. Quel est le problème, mon amour ? Tu cherches à créer une dispute. Tu le sais depuis le départ qu'on a acheté ce cheval et tu n'as jamais mentionné d'inquiétude auparavant. Si tu veux qu'on s'occupe mieux de toi, mon amour, il suffit de demander.

— Je ne suis pas... »

Rhys leva la main.

« On est trop nombreux ici et sans doute qu'on t'intimide, » fit Cross. Il regarda Simon qui acquiesça.

« On allait te ramener plus tard à la maison et te baiser bien fort, mais apparemment tu ne peux plus attendre. (Simon attrapa ma main). Viens, on va te baiser maintenant. »

14

LIVIA

Simon me traîna à travers la pièce – suivis par les deux autres. « Quoi ? Attends ! » Je plantai mes talons, mais je n'arrivais pas à rivaliser avec la force de Simon. « On ne peut pas... Ils sont tous en train de regarder ! »

Mes joues s'empourprèrent à cette pensée. Simon me tira hors de la pièce, à travers le couloir, jusque dans un bureau. Je n'entendais presque plus la voix des autres hommes – nous nous trouvions à l'opposé de la cuisine. Rhys ferma la porte derrière lui et je me retrouvai cernée par mes hommes, sans nulle part où aller. La pièce paraissait minuscule avec eux.

« Pas besoin de me baiser là, tout de suite. Retournons là-bas avant qu'ils ne s'imaginent des choses.

— Non, mon ange, on va te prendre maintenant.

— Mais...

— On est peut-être nombreux à Bridgewater, mais nous

formons une famille tous les quatre, affirma Cross. Tu es le centre de notre monde, même quand on n'est pas tous dans la même pièce. »

Je voyais qu'il avait l'air sincère, mais je doutais de lui. Je n'étais pas le centre du monde pour mon Oncle Allen. Je pensais l'être, mais non.

« On vient à peine de se marier et s'il faut qu'on te prouve notre engagement à nouveau, alors nous le ferons, dit Rhys, qui me força à reculer contre le grand bureau.

— Tourne-toi, mon amour. »

Simon resta à côté de Rhys, mais Cross se plaça de l'autre côté du bureau et déplaça la chaise. Comme je ne réagissais pas, Rhys m'agrippa par la taille et me fit tourner la tête. Une main immense se posa contre mon dos et me fit me pencher contre la surface en bois.

Cross commença à défaire sa braguette et en tira sa queue gonflée et épaisse dont perlait un liquide clair. Son gland était appétissant et je salivai à l'idée d'y goûter.

« Je leur ai dit comment je t'avais appris à sucer, mon amour. Je leur ai dit à tous que tu avais enfoncé ma bite jusque dans le fond de ta bouche et que je n'avais pas pu me retenir de jouir sur ta langue. Montre à Cross comme tu es douée. »

Des mains me caressaient les jambes et un air frais me hérissa la peau quand ma robe se souleva.

« Tu as sucé Rhys ? demanda Cross en approchant sa queue de mes lèvres. Ouvre et prends-moi dans ta bouche. J'en meurs d'envie.

— Mais les autres… ils vont se rendre compte, dis-je, levant les yeux vers Cross.

— Ne t'inquiète pas, ma queue étouffera tous tes cris de plaisir, Rhys et Simon vont pouvoir te baiser sans s'en soucier. »

Ces mots me firent mouiller. Encore plus qu'à l'habitude – je mouillais en permanence depuis mon mariage. Incitée par Cross, j'écartai les lèvres pour le prendre dans ma bouche. La goutte de liquide clair avait un goût salé et me mis l'eau à la bouche. Je passai ma langue contre la grosse veine qui remontait son sexe sur toute sa longueur, puis le suçai, comme Rhys me l'avait appris.

« Mon dieu, Olivia. Tu vas me faire jouir comme un ado. »

La chaleur de ses paroles m'excita, tout comme sa main dans mes cheveux – je voyais que je lui plaisais. J'entendis et sentis qu'ils déchiraient ma culotte avant de la faire glisser le long de mes jambes.

« Plus jamais de culotte, mon ange, dit Simon. Elles ne sont qu'une perte de temps. »

Des mains se posèrent contre mes fesses et je sentis ma robe me remonter jusqu'à la taille. Des mains caressèrent ma chatte, s'y infiltrèrent, préparant le terrain pour une queue. Je me cambrai, surprise par cette irruption, mais ravie – mon gémissement de plaisir fut étouffé, comme l'avait dit Cross, par sa bite.

« Tu voulais qu'on s'occupe de toi, mon amour, alors nous allons le faire. En commençant par Simon. »

Il retira bruyamment ses doigts et je le sentis coller sa queue contre ma fente, mais il ne s'attarda pas et ne se fit pas prier. Il me pénétra d'un coup sec. Je gémis de me sentir remplie, comblée, complètement satisfaite.

« Si je n'avais rien dit, tu n'aurais pas su que Simon passait en premier. Toutes nos queues sont faites pour te baiser à fond. Tu prendras n'importe lequel d'entre nous à n'importe quel moment parce que tu es à nous, affirma Rhys. On te donnera tout ce dont tu as besoin, tout ce dont tu désires. »

Il me fessa.

J'écarquillai les yeux et étouffai un cri contre le sexe de Cross. Simon venait de me fesser ! J'essayai de me dégager, mais Cross me tenait en place et commençait un mouvement de va-et-vient au lieu de me laisser le sucer à ma guise.

« On est là, mon cœur, et on ne va nulle part. »

Une claque.

« Si tu as besoin d'une fessée pour le comprendre, alors tu n'y couperas pas. »

Une claque.

« Tu ne t'es pas dit que si nous rendions le cheval à Peters (une claque), il se douterait que tu es avec nous ? Garder le cheval de cet enfoiré est une torture, mais on pense d'abord à ta sécurité. »

Une claque.

Je n'arrivais plus à réfléchir, ses coups de rein se faisaient plus rapides, plus forts, et j'étais bien incapable de penser à tout cela. Je posai les mains contre le bois froid, mais je ne pouvais m'agripper nulle part, je n'avais rien pour me garder sur terre. Je ne pouvais plus me battre contre eux. Je n'en avais pas du tout envie.

« Je vais jouir, Olivia, et tu vas avaler mon foutre. Tout. Tu vas en avoir le goût sur ta langue et tu sauras que je t'ai donné ce dont tu avais besoin. »

Il s'enfonça une fois de plus dans ma bouche et je sentis sa queue palpiter juste avant qu'un jet chaud de semence ne recouvre ma langue et ne glisse dans ma gorge. Sa bite n'arrêtait plus de gicler, encore et encore, et il me tenait par les cheveux.

Simon ne ralentit pas le rythme – j'entendais ses hanches me frapper les fesses.

Cross se retira lentement de ma bouche. Sa queue était luisante et il la ramassa dans son pantalon avant même d'avoir débandé.

Un coup de rein violent me fit cogner contre le bureau et

Leur mariée envoûtée

Simon laissa échapper un gémissement. Son foutre était chaud et je pouvais le sentir à l'intérieur. Il se dégagea et sa semence coula le long de mes cuisses et sur le bureau sans doute.

Je regardai par-dessus mon épaule et vis que Rhys se positionnait à son tour entre mes jambes écartées, sa queue dans la main. Il passa la main contre ma cuisse pour y essuyer un peu de foutre et se sécha contre ma peau déjà meurtrie. Ils avaient eu raison – j'étais bien plus excitée maintenant que j'étais rasée.

Il plaça ses doigts humides contre mon anus et commença à me masser à cet endroit, à me couvrir de la semence de Simon. J'étais tellement excitée, j'avais tellement envie de plus de sexe après les coups de butoir de Simon que je me sentais vide et presque abandonnée sans bite dans ma chatte. Mais au moment où Rhys m'enfonça un doigt dans l'anus, une chaleur instantanée me submergea, mon front et mes tempes se couvrirent de sueur. Je ne pouvais pas retenir mes gémissements, car les sensations que me procuraient ces caresses interdites me faisaient défaillir. Je ne pouvais pas me débattre et je ne pouvais pas nier les émotions qui secouaient mon corps.

« Tiens, » dit Rhys. Je vis Cross attraper quelque chose par-dessus mon épaule avant qu'il ne me le montre. C'était un autre de ses plugs fabriqués à la main. Ils en avaient déjà utilisés pour me préparer à les accueillir tous en même temps, mais celui-ci était différent. Les deux précédents étaient minces et destinés à me faire du bien – à me pénétrer sans gêne, mais en me procurant beaucoup de sensations –, ce plug avait des formes irrégulières, des arrondis.

Je grimaçai en sentant Rhys enfoncer un deuxième doigt. « J'allais garder ça pour plus tard, mais je pense que le moment est bien choisi. »

Cross le tendit à Rhys et je suivis l'objet des yeux. Rhys le prit et me le montra une dernière fois avant de me confirmer son usage.

« Ça va te plaire, » promit-il. Je n'en étais pas certaine, mais il retira ses doigts. Je pensais qu'il allait tout de suite me l'enfoncer dans les fesses, mais non. J'entendis qu'on ouvrait un bocal et je compris qu'il allait le lubrifier afin de le faire glisser plus facilement en moi.

« Tu n'es pas la seule à avoir droit à ce genre de gâteries, dit Simon. Heureusement que Ian et Kane gardent des pots de lubrifiant à portée de la main pour Emma. »

J'imaginais un instant Emma placée dans la même position que moi, prise par derrière, mais pas par un plug, par ses hommes. Elle était mariée depuis assez longtemps, elle devait avoir l'habitude de profiter de cette position. Je pourrais peut-être lui poser quelques questions...

« Oh ! » criai-je – le plug froid poussait contre ma rosette.

Rhys lui fit décrire des petits cercles et continua à pousser, jusqu'à ce que je n'imagine plus pouvoir en supporter davantage. « Rhys, s'il te plaît, » je gémis.

Je venais à peine de prononcer ces mots quand le plug me pénétra complètement – mes muscles se serrèrent autour de la partie la plus fine. Les parties arrondies m'étiraient comme jamais. Le plug était épais comme une queue, mais pas aussi long. Je sentais l'extrémité du bois qui m'écartait légèrement les fesses. Rhys tira dessus et je gémis encore une fois. Ma chatte se sentait quelque peu délaissée.

Rhys devait lire dans mes pensées : « Ta chatte est en manque, mon amour ? On va s'occuper d'elle aussi. »

Très vite, je sentis sa bite contre ma fente et il me pénétra, beaucoup plus lentement que Simon (qui n'avait pas été gêné par un gros plug). Simon se plaça à côté de Cross et ils s'accroupirent tous deux, leurs visages devant le mien.

Quand la bite s'enfonça complètement, j'écarquillai les

Leur mariée envoûtée

yeux. Je ne m'étais jamais sentie aussi satisfaite. Je gémis et ils sourirent.

« Est-ce que ça te plaît d'être prise par le cul et la chatte en même temps ? Bientôt, ce sera nos bites qui te réjouiront tout l'entrejambe et on t'en enfoncera encore une autre dans la bouche. » Simon se pencha pour m'embrasser et Rhys commença à me baiser vigoureusement, me coupant le souffle.

« Le plug me donne l'impression d'être à l'étroit, dit Rhys, en serrant les dents. Je ne vais pas durer.

— Tu es prête à jouir, Olivia ? » demanda Cross. J'acquiesçai – le bassin de Rhys frappait contre le plug à chaque coup, l'enfonçant encore plus à chaque fois, frottant des zones nouvelles, c'était tellement excitant, tellement intense que je n'allais pas pouvoir me retenir.

« Alors tu peux jouir . » La voix de Cross était apaisante, mais autoritaire. « Montre-nous ton plaisir. Serre la bite de Rhys. »

C'était peut-être les mots de Cross ou la sensation érotique d'être complètement baisée et remplie, mais je jouis en criant, tellement perdue dans la chaleur et le plaisir qui me traversait que j'en oubliais qui j'étais et qui pouvait entendre. Je basculai la tête en arrière, fermai les yeux et raidis mes muscles, comme si rester immobile pouvait faire durer ces sensations. Rhys agrippa mes hanches et me maintint en place, alors qu'il s'enfonçait profondément une dernière fois, un grognement s'échappant de sa gorge alors qu'il se vidait en moi. Il se pencha en avant, planta une main à côté de la mienne et embrassa mon cou en sueur, se blottissant contre mon oreille avant de se retirer.

Je m'affalai sur le bureau, ma joue chaude apaisée par le bois frais. J'aurais pu m'endormir dans cette position, je me sentais repue, détendue et parfaitement reposée. Cross et Simon se levèrent et passèrent derrière moi. J'aurais dû me soucier de mon apparence, vouloir cacher ma chatte dégoulinant de foutre, sans doute gonflée et rouge, après toute cette excitation. Le plug se trouvait toujours entre mes fesses. Je devais être belle à voir, mais je m'en fichais. Ils avaient raison. J'avais besoin de leurs attentions, je voulais une confirmation de leur désir. Comment avaient-ils su, alors que moi-même je n'en savais rien ?

Je me redressai sur les coudes et je sentis des mains fermes autour de ma taille qui m'aidaient à me relever et à m'installer. Simon me regarda et sourit avant d'embrasser tendrement mon front. « Allons manger, mon cœur. J'ai une faim de loup. »

Je me rappelai soudain mon cri. « Je... je ne peux pas retourner là-bas, ils le sauront, » dis-je.

Simon attrapa ma culotte par terre et la fourra dans la poche de son pantalon – elle en dépassait et me faisait de l'œil. Je n'allais visiblement pas pouvoir la récupérer.

« Bien sûr, ils savent, mais ils nous aiment et nous font confiance, ils ne diront rien. Ils ont tous connu la même chose, à l'exception de McPherson, le frère de Simon, je veux dire, et MacDonald. Ils ont tous baisé leur femme près de nous. Tu es notre priorité, répondit Rhys.

— Et ça ne vous gêne pas ? »

Cross me releva la tête. « On devrait être gênés de faire jouir notre épouse ? Absolument pas. Bien au contraire, en fait. »

Cette fierté masculine ne m'aidait pas. « Est-ce que je peux au moins me nettoyer un peu ? Et retirer le plug, s'il vous plaît ? »

Les trois hommes secouèrent la tête.

« Non, dit Rhys.

— Non, mon cœur, ajouta Simon.

— Tu voulais qu'on s'occupe de toi et nous allons le faire,

répondit Cross. Ce plug dans ton cul, le foutre qui coule de ta chatte te rappelle que nous sommes là pour toi.

— Toujours, » ajouta Rhys en m'ouvrant la porte.

Alors que nous sortions pour rejoindre les autres et que je prenais bien soin de ne pas perdre le plug, je me dis que je n'allais pas oublier de sitôt.

15

LIVIA

Les jours suivants, mes maris se montrèrent extrêmement attentifs et veillèrent à ce que l'un d'entre eux soit toujours avec moi. Je n'avais pas compris que leur présence me manquait, que j'avais peur qu'ils me quittent, mais eux l'avaient su tout de suite. Il était idiot de blâmer mes parents pour leur mort prématurée, mais inconsciemment je leur reprochais de m'avoir abandonné. Je ne pouvais pas refuser une épouse à oncle Allen ou même une famille. Je ne pouvais pas être égoïste. Mais Simon, Rhys et Cross ? Allaient-ils me quitter également ? Surtout si je continuais à attirer leur attention de manière aussi désagréable, avec des chamailleries ?

Je voulais être au centre de leurs préoccupations, mais pas seulement parce que je le leur demandais, et c'était le point crucial. J'avais du mal à croire aux liens qui se formaient lentement entre nous et je m'inquiétais de cette impression de perte de contrôle. Quand ils durent tous aller réparer la clôture emportée par une coulée de boue pendant la nuit, ils redoutèrent de me laisser seule. Ils me suggérèrent même d'aller voir les autres femmes, mais j'avais eu du mal à leur parler après notre dernier repas ensemble. Elles étaient à l'aise avec le sexe et la promiscuité, mais je ne l'étais pas. Cela prendrait du temps – mes hommes semblaient comprendre cela et ne me poussaient pas.

Ils partirent retrouver les autres à l'écurie et je leur promis d'aller chez Laurel si je me sentais seule – sa maison était la plus proche. Au lieu de quoi, je me contentais de lire, les fenêtres et les portes étant ouvertes par cette chaude journée d'été – ouvertes également aux visiteurs indésirables.

Je crus d'abord que Simon était revenu me baiser encore une fois. Il se présentait devant moi et je lisais la chaleur et le désir dans ses yeux, il ne pouvait jamais attendre bien longtemps avant de s'occuper de moi. Il faisait chaud, mon cœur battait la chamade et ma chatte se contractait. J'étais heureuse de le savoir si impatient, de le savoir fou de moi, même.

Quand j'entendis ces pas, je défis les boutons de ma robe par anticipation – je savais qu'il aimait me sucer et me mordiller les tétons tout en me baisant. Mais l'homme qui entra chez nous n'était ni Simon, ni Rhys, ni Cross. C'était M. Peters. Je me couvris d'une main, me levai et reculai. Il avait l'air presque joyeux, ce qui me fit très peur.

« Qu'est-ce que vous voulez ?

— Je ne veux pas te faire de mal. Je veux juste parler. »

Parler ? Pourquoi viendrait-il jusqu'à Bridgewater pour parler ? Il mentait et je savais qu'il était complètement fou.

« Comment m'avez-vous trouvée ? » Je le guettais prudemment.

Il m'étudiait en inclinant la tête sur le côté pour mieux me regarder. Je supportais mal de le sentir me reluquer, mais je ne bronchai pas et je ne rompis pas le silence en attendant sa réponse.

Il finit par parler. « Ils ne t'ont rien dit, pas vrai ?

— Qui ? demandai-je en fronçant les sourcils.

— Tu as épousé Simon, mais je sais que les deux autres te baisent. Tout ça faisait partie de mon plan. »

Je ravalai ma peur et je triturai les boutons de ma robe. Je ne voulais pas être nue devant lui.

« Votre plan ? » Je ne pouvais que répéter ses mots et je n'aimais pas cela. Je devais prendre le dessus, il fallait que je le fiche à la porte, mais je ne pouvais pas. J'avais trop peur. Il y avait quelque chose dans sa voix, dans l'expression de son regard, dans son attitude, qui me rendait nerveuse et méfiante.

« Pourquoi penses-tu que tu es ici ? Tes maris m'appartiennent. »

Je fronçai les sourcils. « Je ne comprends pas.

— Tu m'as repoussé, alors je te les ai mis dans les pattes. Tu ne crois tout de même pas que Simon McPherson s'intéresserait à toi, sans incitation extérieure ? »

Le mépris dans sa voix me fit frémir et la façon dont ses yeux parcouraient mon corps avec dégoût me fit remettre en question les caresses de Simon, les mots de Rhys et l'espièglerie de Cross.

Il se mit à rire. « Je vois que tu y as cru. Je veux ton argent, chérie, pas toi. Alors si tu ne veux pas de moi – ou si ton oncle fou ne me laisse pas m'approcher –, il suffit que tu épouses un de mes hommes. C'est assez simple, vraiment. Dans l'histoire, Simon récupère une femme qui se soumet à ses tares et baise trois hommes à la fois, et il prend un petit paiement en prime. Visiblement, ils t'ont bien entraînée, tu étais déjà dévêtue. »

Je plissai le nez de dégoût. Simon n'avait-il voulu qu'un peu d'argent et une femme prête à baiser avec ses deux amis ?

Impossible. De toute évidence, Bridgewater était un ranch prospère et Simon ne manquait pas d'argent. Il avait peut-être cherché une femme à partager avec Cross et Rhys, mais ils étaient tous trois séduisants et ne manquaient sans doute pas de prétendantes.

« Simon m'a rencontrée quelques minutes avant le mariage, » répliquai-je, essayant de démêler ses mensonges. « Comment aurait-il pu me voir à Helena ? »

Peters inspecta ses mains comme s'il s'ennuyait. « Il n'avait pas à le faire. Ses amis se sont chargés de te séduire pendant le bal. Je crois que ce sont les deux hommes avec qui il te partage ? »

Comment savait-il tout cela ? Je me rappelai mes émotions en posant les yeux sur Cross, sur Rhys. Oncle Allen avait parlé de coup de foudre, de cœur qui s'emballait, de picotements. J'avais eu l'impression que tout le monde dans la pièce avait disparu. Ils avaient été si confiants, si autoritaires et... virils que j'avais perdu l'esprit. la foudre avait frappé et mon cerveau avait perdu sa clarté.

Je ne répondis rien et il continua. « Simon et moi avons finalisé l'arrangement au saloon pendant que tu étais courtisée au bal. Je ne passe qu'en coup de vent pour m'assurer qu'ils font leur part, mais je n'avais aucune raison de me faire du souci. Tu t'es laissé faire visiblement. »

Mon estomac se noua et je me rappelai l'avoir vu au bal avec Cross. « Simon travaille pour vous ? »

L'idée semblait absurde, mais M. Peters était ici, dans la maison de Simon, et l'histoire semblait... plausible. Étrange, mais plausible. Il n'était pourtant pas venu que pour parler et j'avais une idée de ce qu'il voulait. J'avais déjà repoussé une première fois ses avances, mais je doutais qu'il me laisse faire cette fois. Je devais le faire parler.

« Ce cheval n'était qu'une façade, dit-t-il en riant. Tu penses vraiment qu'ils avaient besoin d'un autre cheval ?

D'un étalon ? C'est Simon l'étalon et toi la jument. » Ses mots crus le firent sourire.

Je le contournai et me dirigeai vers la porte. Je devais partir. « Alors pourquoi êtes-vous ici ? Si vous avez ce que vous voulez, mon argent, alors pourquoi même venir à Bridgewater ? »

Il se montra plus rapide que prévu. Son embonpoint cachait un pas rapide et il me saisit par le bras avec une force surprenante. « Pour que tu connaisses la vérité. Personne n'a le droit de me dire non. Ton oncle t'a protégée. Il fallait donc que je te punisse. Tu vas devoir vivre avec la vérité, tu as épousé un homme qui ne voulait que ton argent, que ton corps. Les deux autres bâtards ? Simon McPherson se fout tellement de toi qu'il te partage comme une vulgaire putain.

— Comment m'avez-vous trouvée ? (Je m'imaginais si bien cachée.)

— Je savais où te chercher depuis le début, bien sûr. J'attendais juste que tes maris accomplissent leur besogne et je vois qu'ils l'ont fait. » Il reluqua mon corsage et mes joues s'empourprèrent. « Et je voulais que tu saches qui est réellement ton mari et que tu puisses admirer mon habile machination. »

Tous les morceaux de puzzle de la semaine écoulée se mettaient en place, chaque élément s'emboîtait. Je ne croyais pas à son histoire. Il fallait que je m'éloigne de lui et je me débattis, mais il me gifla, ce qui me désorienta.

« Bien sûr, je suis venu prendre ce que tu m'as refusé la première fois. Tu as déjà baisé trois hommes, un de plus ne devrait pas changer grand-chose pour toi. »

Je secouai la tête et lui griffai le visage, lui enfonçant mes ongles dans la joue. Il me relâcha et je me souvins du conseil de mon oncle Allen concernant les avances non désirées. Je lui plantai mon genou entre les jambes, de toutes mes forces, en espérant lui ruiner la queue. Il se plia en deux et il poussa un cri aigu, incapable de se retenir. Je ne m'attardai pas et m'échappai par la porte d'entrée. Je courus vers l'écurie. Je devais partir à tout prix, loin de M. Peters. Je pourrais aller chez mon oncle, mais notre maison avait brûlé et oncle Allen avait sa propre famille désormais. Mes cheveux se dénouèrent et ma respiration s'accéléra. J'avais déjà un point de côté, mais je continuais. Mes hommes. J'avais besoin de mes hommes.

SIMON

Nous prenions soin de baiser régulièrement Olivia et nous n'avions quasiment jamais quitté nos lits depuis trois jours. Nous avions découvert qu'elle montait à cheval comme personne, qu'elle menait un troupeau comme une fermière aguerrie. Elle avait une bonne éducation et parlait de livres en tout genre le soir avec Rhys, ce qui me fascinait. Je n'avais pas leur culture, mais j'appréciais un débat animé. J'avais regardé Cross lui apprendre à bien cuire les œufs et je les avais vus rire ensemble, ses yeux pétillaient. Je regardai tout cela patiemment, attendant le moment propice pour lui arracher sa robe ou lui remonter sa jupe. Elle s'était pliée à notre interdiction de porter une culotte et j'adorais caresser sa chatte rasée.

Olivia et moi ne parlions pas beaucoup. Nous passions notre temps à baiser, c'était notre façon de nous exprimer. Il suffisait qu'on se croise au détour d'un couloir pour que nous nous embrassions fougueusement, presque brutalement, et je l'emportais pour aller la prendre dans un endroit propice. Elle m'aidait, elle relevait ses jupes pour moi ou déboutonnait son corsage pour me montrer ses seins. Tout était naturel et nous n'avions besoin d'aucun mot quand nous étions l'un contre l'autre. Nous brûlions l'un pour l'autre, nous étions fous de désir.

Ce n'était pas le lien profond qui l'unissait à Simon ou l'entente confortable qu'elle partageait avec Cross. Entre nous, il y avait plus de feu, nous ne pensions qu'à nous dévêtir l'un devant l'autre et les mots nous auraient fait perdre du temps. À l'occasion, Rhys ou Simon entendaient nos ébats brutaux et se joignaient à nous, mais j'étais le seul à la faire s'enflammer de cette manière, à pouvoir attiser la chaleur dans son regard.

Après une journée passée à déplacer des pierres et à creuser, nous étions sales, en sueur et affamés. Je ne pensais qu'à me laver et à baiser ma femme.

Elle était très séduisante aujourd'hui dans sa robe bleu pâle, une couleur qui la mettait en valeur. Je ne lui avais fait aucun commentaire, contrairement à Rhys, mais je lui avais montré qu'elle me plaisait en la plaquant contre la porte de la cuisine, en me mettant à genoux devant elle, en lui soulevant sa robe, en lui léchant la chatte et en la masturbant jusqu'à la faire jouir – son jus avait dégouliné sur ma bouche et mon menton. Rhys et Cross avaient préparé le petit-déjeuner et nous avaient regardés. Nous lui avions ordonné de nous attendre les seins à l'air.

Je n'étais pas heureux de la laisser seule, sans protection. Je savais bien qu'elle était en sécurité au ranch – les autres épouses restaient également à la maison et les autres n'étaient pas moins vigilants que nous, mais ils savaient que tout le monde ferait passer la sécurité des femmes et des enfants en priorité. Je n'oubliais pourtant pas les dangers qui guettaient.

Pendant notre séjour à Mohamir, j'avais été chargé de protéger un diplomate et sa famille. Je devais particulièrement surveiller Alea, sa fille de 16 ans. Elle était beaucoup plus jeune que moi et je tenais à ce qu'il ne lui arrive rien de mal. Aucun lien ne nous unissait, pas comme avec Olivia. Non seulement parce qu'elle était trop jeune et que nos différences culturelles étaient trop importantes, mais surtout parce que son père m'avait confié sa vie.

Nous n'étions plus sous le commandement de cet enfoiré d'Evers, qui avait assassiné Alea et sa famille. Je comptais bien protéger Olivia comme je n'avais pas pu le faire pour Alea et sa famille. Cet incident, leurs visages, me hantaient encore. J'étais plus vieux désormais, plus sage et nous n'étions plus à Mohamir. Mon rôle dans ce mariage était d'assurer la sécurité d'Olivia, car elle faisait partie de moi. Elle était à moi.

Alors que nous rentrions au ranch, un de nos employés était venu à notre rencontre – son cheval était à bout de souffle.

Il releva son chapeau. « Ann a vu un homme chez toi. Elle dit que ça pourrait être l'oncle d'Olivia, mais elle n'en est pas sûre. »

Je secouai la tête. « Non. Il ne viendrait pas ici, au risque d'être suivi par cet enfoiré de Peters. »

Nous échangeâmes un regard et lançâmes nos chevaux au galop. Nous comprîmes vite qu'elle n'était pas à la maison. Je sus instantanément que quelque chose n'allait pas.

Les yeux de Rhys s'étrécirent et il redressa les épaules. Toute son attitude changea. « Les écuries ? » demanda-t-il.

Possible, alors je lui adressai un bref signe de tête et nous partîmes dans cette direction. Nous chevauchions dans la poussière et j'appelai Kane, qui se trouvait à l'extérieur du bâtiment. « Olivia est ici ? »

Il secoua la tête. « Ian vient de sortir de chez nous. Elle n'y est pas non plus.

— Bon sang, » murmurai-je en jetant un coup d'œil à l'horizon. J'essayai de ne pas serrer les dents, mais j'éprouvais le sentiment accablant d'être impuissant. Où diable était-elle ?

« Est-ce qu'il manque un cheval ? »

Kane tourna les talons et alla regarder.

« Mon dieu, » murmura Cross.

J'observai le ciel. Dans deux heures, il ferait nuit. Nous devions la trouver et vite.

Kane sortit en courant, ses pieds glissant sur le sol poussiéreux. « Le nouvel étalon a disparu.

— Nous la retrouverons, jurai-je en serrant les poings. Il faut juste trouver quelle direction elle a prise. »

16

ROSS

Si quelqu'un pouvait retrouver Olivia, c'était Simon. C'était non seulement un fin limier, mais il était particulièrement motivé. Il avait parfois du mal à s'exprimer et préférait les regards noirs, les actes brusques plutôt que la tendresse. Il n'avait jamais été connu pour sa gentillesse, mais il était différent avec Olivia. Il ne s'était pas ouvert à elle, mais il la regardait comme personne auparavant. Avec une adoration, une ténacité et une douceur qu'il n'imaginait sans doute pas possibles lui-même. Ils baisaient ensemble avec un abandon sauvage et avaient tissé un lien solide. De mon côté, je parlais et je plaisantais avec elle, mais c'était différent avec Simon. Cette situation m'inquiétait. Je savais qu'il se reprochait les meurtres commis à Mohamir. Il n'avait pas été au courant des intentions d'Evers et n'avait pas prit part au massacre, mais il prenait son rôle de protecteur au sérieux et avait manqué à ses devoirs. Alea était morte sous sa surveillance, même s'il n'était pas en service au moment des faits.

Tout cela remontait à dix ans, mais il en faisait encore des cauchemars. Je le voyais souvent avec des cernes et une expression misérable sur le visage. Il s'inquiétait beaucoup de la sécurité d'Olivia, depuis le départ et même avant le mariage. Il ferait n'importe quoi pour elle et j'espérais qu'il ne lui était rien arrivé, car Simon ne s'en remettrait pas.

« Je vais retourner à la maison pour voir si elle a laissé une note ou un indice concernant sa destination. » Rhys agrippa les rênes de son cheval, monta et partit vers la maison.

Véritable boule de nerfs, Simon se tenait prêt à frapper cet homme mystérieux qui était forcément à l'origine de la disparition d'Olivia.

« Je vais vérifier qu'elle n'est pas dans une autre maison. Si je la trouve, je tirerai deux coups, » dit Kane en montant son cheval, qui rêvait sans doute de foin.

Je me retrouvai seul avec Simon.

« Commençons par le box. »

Simon se mit en marche, déterminé. Il s'arrêta à environ deux mètres de la porte et examina le box vide pendant un moment avant d'entrer. Il y avait du foin frais au sol, ce qui signifiait que l'animal n'avait pas été dans son box toute la journée. Tournant les talons, il se dirigea vers la porte coulissante à l'arrière et l'ouvrit, laissant le soleil pénétrer à l'intérieur de l'écurie.

Il jeta un coup d'œil à terre, à l'extérieur, accroupi. « Regarde ça. » Il pointait des traces dans la terre. « Le cheval est passé par là. »

Je descendis à côté de lui et croisai son regard noir. « Tu sais tout ça avec quelques traces ? »

Il fit un simple signe de tête. « Le cheval de Peters n'était ferré qu'à l'avant. Nos autres chevaux ont quatre fers et nous n'avons pas eu le temps de le faire pour l'étalon. Tu vois, ces empreintes ne montrent pas de fers à cheval. »

Il se leva brusquement et suivit la piste jusqu'au pâturage. « Ils continuent par là. » On ne se dirigeait pas vers le manège ou l'aire de pâturage, mais vers la prairie pour le bétail.

« On n'a jamais emmené ce cheval par là, n'est-ce pas ? » demandai-je.

Simon secoua la tête. « On l'a gardé à l'écart pour le moment.

— Ça signifie...

— Qu'Olivia est venue par ici. »

OLIVIA

Les hommes avaient déjà dû rentrer, mais j'étais complètement perdue. J'avais pris la fuite et j'avais peur d'être suivie par M. Peters, alors j'étais partie au galop en direction de la clôture que devaient réparer les hommes. Je m'étais visiblement trompée de direction. Le soleil venait de se coucher et je ne les avais pas encore trouvés.

Je n'avais pas pleuré, mais je compris finalement que je ne retrouverais pas mes époux avant la tombée de la nuit et quelques larmes glissèrent contre mes joues moites, sans que j'y prête attention. L'apparition de M. Peters m'avait effrayée, il m'avait surprise seule. Il m'avait déjà fait mal en m'agrippant le poignet à Helena, je me rappelai son regard sombre et sinistre. La douleur de ma joue me donnait le courage de continuer et de braver le danger. Tout ce que je voulais, c'était retrouver mes hommes et trouver refuge entre leurs bras.

Simon était peut-être le moins communicatif des trois, mais il était le plus démonstratif. Je ressentais également un lien fort avec Rhys et Cross, avec qui j'avais pu échanger à travers des débats ou des notes d'humour, mais avec Simon, qui était si réservé, ce que nous partagions était... intense. Impossible de faire semblant, impossible d'acheter ces sentiments comme le prétendait M. Peters, cela ne pouvait être que réel. Alors quand il avait insinué le pire, je n'avais souhaité qu'une chose, aller voir mes hommes, les serrer contre moi, les sentir me rassurer, m'aimer. J'avais cependant voulu trop me hâter et cette erreur allait me coûter cher. Je ne savais pas où j'étais. Comment pourraient-ils me trouver, alors que je ne savais pas moi-même où je me trouvais ?

Quand je compris que j'avais fait fausse route, j'essayai de rebrousser chemin, mais j'avais dû suivre le mauvais ruisseau. Ma robe convenait pour une journée ensoleillée, mais l'air se refroidissait rapidement et le vent se levait, me fouettant les cheveux au visage. Les nuages avaient fait leur apparition, épais et lourds, et promettaient de la pluie comme la nuit précédente. Je devais trouver un abri. Malheureusement, par ce mauvais temps, cette prairie dégagée n'était pas un lieu sûr et les quelques peupliers qui jalonnaient le ruisseau ne me protégeraient pas. Vu la coulée de boue de la veille, je savais que je ne pouvais pas rester près de l'eau. Je dirigeai mon cheval loin de la crique.

Des rochers heurtaient le paysage et je mis pied à terre à côté d'un des plus grands. En le voyant, je me dis d'abord que mes hommes me plaqueraient dessus et m'y baiseraient. Tout cela ne me protégerait pas de la pluie, mais si je me tenais recroquevillée sur un côté, le rocher me servirait de coupe-vent. Je m'installai en m'appuyant contre la roche, je pliai les jambes, j'enroulai ma robe autour de mes jambes et posait ma tête contre mes genoux, en tenant le cheval d'une main.

Je pensais à Rhys, Simon et Cross, à leurs sourires tous

différents, à leurs baisers, à leurs bites. J'imaginais leurs mains sur mon corps, ce qu'elles me faisaient ressentir et je me dis que je savais maintenant les reconnaître, à la façon dont ils réchauffaient ma peau.

Je crus d'abord entendre le tonnerre, mais il s'agissait en fait des chevaux qui secouaient le sol. « Olivia ! »

Je n'en croyais pas mes oreilles, mais j'entendis mon nom une seconde fois et je levai la tête. Un groupe d'hommes à cheval s'approchait et je me redressai rapidement. La joie m'inonda, me faisant presque défaillir de soulagement. Lorsque Simon mit pied à terre sans arrêter sa monture, lorsqu'il se dirigea directement vers moi, je me mis à pleurer. Je voyais à son regard, à sa mâchoire crispée et son pas pressé que j'avais eu raison et que M. Peters m'avait menti.

Il me tira contre lui, sa main plaqua ma tête contre son torse. « Tu es blessée ? » demanda-t-il d'une voix rauque.

Les autres se placèrent autour de moi, leurs corps bloquant le vent. Je levai les yeux vers Rhys et Cross. Je vis qu'ils étaient soulagés.

Simon embrassa le haut de ma tête avant de me repousser suffisamment pour me regarder dans les yeux et quand il découvrit mes larmes, il les sécha avec ses pouces. Il vit ma joue meurtrie et son visage se durcit, son regard prit une expression guerrière. « Qui t'a blessée ? » Une ecchymose avait dû se former sur ma joue.

Je me raidis à cette question. « M. Peters. »

Les doigts de Simon se serrèrent autour de mes bras et il jeta un coup d'œil à Rhys et à Cross, avant de se tourner à nouveau vers moi. « Est-ce qu'il t'a blessée ailleurs ? A-t-il...? »

Je secouai violemment la tête. « Non, je suis partie. »

Leur soulagement était visible. Simon me dévisagea avec le regard tendre auquel j'avais pensé quand j'étais perdue. Son regard noir cherchait le mien, comme s'il y devinait mon âme. « Il a dit des choses horribles à votre sujet, mais... mais je l'ai pas cru et j'ai couru vous retrouver. »

Il agrippa mon visage et m'embrassa – un baiser chargé de frustration et de désir. Il finit par me relâcher pour que Cross puisse me prendre dans ses bras. Je respirais fort, comme si Simon m'avait coupé le souffle.

« Qu'a t'il dit ? » demanda Cross avant de m'embrasser le front. Je profitai un instant de son odeur de sueur en fermant les yeux.

« Il a dit que vous travailliez tous les trois pour lui et que vous aviez pris des dispositions pour que Simon m'épouse, qu'il lui donne mon héritage et que vous en obtiendriez une partie avec moi en prime. »

Cross interrompit ses caresses dans mon dos. « Qu'est-ce qu'il a dit d'autre ? » Sa voix avait perdu un octave.

« Que Rhys et toi m'aviez fait la cour au bal pendant que Simon finalisait l'arrangement au saloon, » ajoutai-je. Rhys me tourna vers lui et prit ma main. Il avait la poigne ferme, mais douce, surtout quand il posa ma main contre son cœur. Son battement régulier me rassura.

« Il a sans doute dit quelque chose à propos de notre mariage à quatre, » ajouta Rhys.

J'acquiesçai, me rappelant ces mots crus.

« Dis-nous, » m'ordonna-t-il. Je jetai un coup d'œil par-dessus mon épaule à Cross et à Simon. Je vis que Ian était aussi avec eux, mais qu'il se tenait à environ vingt pas en arrière à côté de son cheval.

« Que vous avez le droit de me partager parce que je fais partie de l'arrangement. Que je suis un paiement.

— Et tu as cru ce que cet imbécile t'a dit ? »

Je secouai la tête avec véhémence. « Non ! » Je pleurai, inquiète à l'idée qu'ils imaginent le contraire. « J'ai su tout de suite qu'il mentait, mais il m'a attrapé, il a dit qu'il... pouvait

Leur mariée envoûtée

bien me baiser maintenant que trois autres étaient passés par là. »

Mes hommes se redressèrent et leurs poings se serrèrent.

« Je me suis battue contre lui et je lui ai donné un coup de genou... entre les jambes. Je me suis échappée et j'ai pris le cheval pour vous retrouver. J'avais besoin d'être avec vous. » Je me défis de son emprise et posai une main sur la poitrine de Cross, l'autre sur celle de Simon tout en regardant Rhys. « J'ai trouvé où je veux être, toujours entre vous trois. »

Ils firent chacun un pas en avant, fermant l'espace entre nous.

« J'aime ta façon de discuter avec moi, dis-je à Rhys. J'aime aussi ta concentration et ta précision quand tu me touches, comme si chaque geste était délibéré et que tu savais exactement comment m'apporter du plaisir. »

Je me tournai vers Cross et fixai ses yeux verts. « J'aime ta façon de me faire sourire, ta façon de te moquer de mes travers de citadine. » Un sourire se dessina sur ses lèvres. Je sentis la main de Rhys qui caressait mon bras, comme s'il ne pouvait pas s'en empêcher. « J'aime aussi ta façon si inventive de me prendre, que tu sois toujours désireux de me montrer de nouvelles façons de... baiser. »

Je me tournai vers Simon – je sentais que Rhys et Cross me touchaient. « Je ne peux pas rester loin de vous... d'aucun d'entre vous. Simon. » Je croisai le regard du guerrier. « Il y a ce... lien que je ressens avec toi, comme si je ne pouvais jamais en avoir assez, comme si je te voulais à l'intérieur de moi, pas seulement ta bite, mais tout ton être. Tu ressens la même chose ? » demandai-je, un soupçon de doute dans ma voix. Le tonnerre gronda au loin.

« Oui, mon cœur, tu es à moi.

— Et à moi, ajouta Rhys.

— Et à moi, acquiesça Cross.

— Je vous veux tous. Ensemble, vous êtes tout ce dont j'ai

besoin. » Je les regardai chacun d'eux à tour de rôle. Ils étaient grands, musclés et courageux, mais ils étaient aussi faits de chair et d'os, de sentiments et de douleurs. Eux me protégeaient et moi je devais être là pour eux, de toutes les manières possibles. « Je vous désire tous. »

Leurs mains se figèrent et Simon releva mon menton. « Tu sais ce que ça veut dire ? »

Cela signifiait que je les prendrais tous les trois en même temps et que l'un d'eux me prendrait les fesses. Je me crispai à cette pensée, mais ils m'avaient préparé à cela, non seulement en m'étirant, mais en m'habituant aux sensations incroyables que l'on pouvait éprouver à cet endroit. Ils avaient joué avec moi pour que j'en aie envie, pour que je le leur réclame, pour que j'aime ça.

« Ça signifie que je vous appartiens à tous. Pas à un seul, mais à vous trois en même temps, car c'est ce que je ressens, ici. » Je plaçai une main sur mon cœur.

17

$\mathcal{S}$IMON

Deux heures plus tard, nous étions chez nous et Olivia s'était installée dans son bain, la vapeur nous cachait son corps. Nous n'allions pas juste la plaquer contre le mur, nous allions la revendiquer et il fallait le faire correctement. Il fallait d'abord la réconforter à la suite de cette épreuve, lui laisser le temps de se laver et de se remettre. Ma bite n'en pouvait plus d'attendre, mais nous ne pouvions pas faire autrement.

Elle était rentrée à cheval avec Rhys, sur ses genoux. Je détestais la savoir trop loin de moi, mais je savais que je ne répondrais plus de rien si je la touchais. J'avais peur de la blesser dans mon intensité. La sensation de sa peau douce, son odeur serait déjà trop.

Ian avait reconduit l'étalon – heureusement que nous ne l'avions pas ferré correctement – et avait rejoint le ranch avant nous pour que tout le monde sache qu'Olivia allait bien. Il allait également prendre la tête d'un groupe qui prendrait Peters en chasse dès que la tempête serait terminée. J'avais une bonne idée de ce qu'ils feraient à cet enfoiré et je savais qu'ils s'assureraient de ne jamais le revoir. J'aurais aimé l'achever, mais c'était mon travail – notre travail – de prendre soin de notre femme avant tout. Et si la mort de Peters revenait aux oreilles d'Olivia, je ne voulais pas qu'elle s'inquiète du rôle qu'avaient joué ses maris dans cette histoire, qu'elle les imagine en train de tuer. Rien ne devait plus nous séparer. Rien.

« Tu fais des cauchemars, » déclara-t-elle audacieusement, en caressant la surface de l'eau et en me fixant.

Rhys, qui choisissait un plug, se retourna.

Cross arrêta de déboutonner sa chemise.

Il était difficile de garder mon secret – Olivia était très perspicace et restait la seule femme à avoir partagé mon lit. Je pouvais le cacher tant que je dormais seul, mais pas quand elle dormait entre mes bras. Je devais avoir fait un cauchemar, sans me le rappeler.

« C'est vrai.

— Vous avez tous l'air hantés par le passé, » ajouta-t-elle. Le tonnerre gronda au loin et il continuait de pleuvoir.

« J'ai grandi dans un orphelinat anglais, confirma Rhys. La vie y était… épouvantable. Dans l'armée, nous avons ensuite vu des choses horribles.

— J'ai grandi avec un père qui aimait utiliser ses poings, dit Cross. Ensuite, il y a eu la guerre. Je me suis battu pour le Nord. » Ses lèvres étaient figées en une sinistre ligne.

Olivia observait attentivement ses maris – mes vrais frères – qui lui révélaient leur âme. Pour ne faire plus qu'un, il fallait partager tous nos secrets, même les plus sombres. C'était le moment.

Je ramassai le gant de toilette sur le sol et le plongeai dans l'eau. « J'assurais la sécurité d'une fille, je devais la protéger, mais j'ai échoué. Elle et sa famille ont été assassinées par notre commandant. »

Son regard s'emplit de tristesse, alors je me tournai vers le savon pour le ramasser. « Alea ? »

Je levai la tête, surpris, mais j'avais dû prononcer ce nom pendant mon cauchemar. « Oui.

— Tu l'aimais ? murmura Olivia, inquiète.

— Non. » Secouant la tête, je lui dis : « Elle était trop jeune pour moi, mais elle était sous ma responsabilité et je l'ai laissée tomber.

— Tu n'étais même pas en service, dit Rhys. Ce n'était pas ta faute. C'était Evers. Tu ne peux pas laisser ça te hanter de cette façon.

— Je ne contrôle pas mes rêves, répondis-je.

— Je serai là pour t'aider, » offrit Olivia.

Je passai le gant de toilette contre son épaule. « Oui, mon cœur, tu es là pour m'aider, mais tu ne partages pas mon lit toutes les nuits. Tu dois t'occuper de tes deux autres maris.

— Mais nous pourrons partager le fardeau, la douleur, ensemble, fit-elle. Et tu sais que je suis en sécurité désormais. »

Elle sourit, mais je savais qu'elle plaisantait – le danger semblait la suivre partout.

« Très bien, ça me va, » répondis-je. Maintenant qu'elle connaissait mon passé, elle arriverait peut-être à me guérir. Sinon, il me suffira de me serrer contre elle. « Mais toi aussi, tu as quelques ennuis à partager.

— Il faut que nous connaissions tous tes secrets, mon amour, pour te rendre heureuse, » ajouta Rhys qui avait un plug à la main. Olivia baissa les yeux et fronça les sourcils, mais je lui agrippai le menton et l'obligeai à me regarder. Rhys aurait tout le temps de jouer avec son cul plus tard.

« J'ai peur que vous me quittiez, » dit-elle

Je n'en revenais pas. « Te quitter ? Impossible.

— Quelqu'un t'a abandonnée ? C'est pour ça que tu ressens ça ? » demanda Cross. Il avait retiré sa chemise et Olivia admira son torse nu.

« Mes parents sont morts. Ce n'était bien sûr pas leur faute et j'étais jeune, mais je me suis senti abandonnée. » Elle prit une profonde inspiration, ce qui fit émerger ses seins. Ses tétons étaient gros et charnus, j'avais très envie de les goûter. « Mais oncle Allen a sa propre famille désormais. Maintenant qu'il a révélé son secret, il n'a plus besoin de moi. Je n'ai plus de maison. »

Je me levai et pris la main d'Olivia pour l'aider à sortir de la baignoire. Cross s'approcha, une serviette à la main, et commença à la sécher. « Ta maison est ici à Bridgewater, chez nous. Ton oncle ne t'a pas abandonnée, il a vécu avec toi jusqu'à ce que tu te trouves un autre foyer. On ira le voir dans les prochains jours. »

Cross la couvrit avec la serviette. « Comment... Je croyais que c'était impossible avec M. Peters.

— Je ne sais pas comment cette ordure t'a retrouvée, mais ne t'inquiète pas, les autres le trouveront bien vite. Il ne sera bientôt plus un problème pour toi. »

Elle me regarda avec surprise, mais resta silencieuse. Elle savait qu'elle vivait avec un groupe de guerriers.

« Assez parlé de Peters. Il est temps de passer aux choses sérieuses, » dit Rhys avec autorité. Il s'intéressait aussi peu que moi à ce connard de Peters.

RHYS

Nous avions vu le cheval de loin, la vaste prairie était

parfaitement dégagée. Malgré les nuages et le vent qui tournoyaient, il nous avait fait l'effet d'un phare à l'horizon. La tempête n'avait heureusement pas encore apporté de pluie, sinon nous n'aurions jamais pu la voir. Je ne voulais pas penser à ce qui aurait pu lui arriver si la tempête avait été plus intense. Quand je la vis saine et sauve, je pus enfin reprendre mon souffle. Ce ne fut qu'en la voyant dans son bain, en lui préparant un autre plug que je pus enfin complètement me détendre. Dès cette nuit, nous allions la baiser tous ensemble et il n'y aurait plus aucun doute entre nous.

Nous l'avions préparée avec le plus petit de nos plugs, puis avec deux plus gros et elle devait certainement être prête à accueillir nos bites, mais je voulais m'assurer qu'elle ne redoutait pas ce moment, être sûr de ne lui donner que du plaisir. J'avais donc choisi un nouveau plug pour le confirmer.

« Accroche-toi à la baignoire, mon amour, » lui dis-je, voyant qu'elle était sèche. Ses cheveux étaient tenus par des épingles, mais de longues tresses se libéreraient déjà. Elle suivit mes consignes avant de jeter un coup d'œil par-dessus son épaule soyeuse.

Je gémis en la voyant. La ligne longue de son dos, ses seins qui se balançaient, ses hanches luxuriantes et son cul parfait, un cul qui allait bientôt nous appartenir. Nous allions d'abord la faire jouir avec ce plug, qu'elle n'en puisse plus d'attendre qu'on lui enfonce une queue dans le cul.

Je tendis le plug que je venais de préparer. Il était couvert de pommade et avait une pointe très mince suivie d'arrondis de différentes tailles, de sorte que quatre bosses étireraient son cul de plus en plus en la pénétrant, et elle jouirait quand je le lui retirerais.

Cross et Simon se placèrent de chaque côté d'elle et commencèrent à la caresser, s'occupant chacun d'un sein, lui titillant les tétons, lui embrassant l'épaule. Ils lui prodiguaient des attentions pendant que je lui écartais les jambes pour révéler sa chatte. Je caressai sa fleur, en ouvrant les pétales pour y tremper un doigt afin de vérifier si elle était prête.

Je n'en eus pas besoin, elle brillait d'excitation et mon doigt en sorti enrobé. Je posai la main contre son cul bien rond et lui écartai les fesses pour découvrir sa rosette. Elle était parfaite et accueillerait bientôt une bite.

Je tendis le plug à Cross afin de prendre le pot de lubrifiant. J'y plongeai mes doigts et commençai à recouvrir son trou, déjà luisant, avant d'y pousser un doigt pour la lubrifier complètement. Je répétai ce geste, encore et encore, jusqu'à ce que mon doigt y glisse sans entrave. Elle haletait à chaque fois qu'elle sentait mon doigt et commença bientôt à se cambrer pour que je m'enfonce encore plus. Je sus qu'elle était prête pour le plug.

Je plaçai le plug contre sa rosette et commençai à le pousser à l'intérieur, en décrivant des petits cercles. Lentement, son corps accepta le plug, s'étira autour de la première forme arrondie et l'avala. Je scrutai Olivia, sa respiration, sa manière d'agripper la baignoire, la sueur qui couvrait sa peau. Simon me regarda et hocha la tête, avant d'aller murmurer à l'oreille d'Olivia. Elle était trop discrète pour que je puisse entendre, mais elle gémit et se cramponna en réponse à ses mots.

Je continuai à pousser le plug à l'intérieur et lui passai l'arrondi suivant pour qu'elle s'ouvre encore plus. Je répétai l'opération deux fois de plus, jusqu'à ce que le plug soit complètement enfoncé. Ce plug avait beau être équipé d'un petit manche pour empêcher qu'il ne s'enfonce plus loin, je n'allais pas le lui laisser. Il était différent et allait lui apprendre les plaisirs du sexe anal et la ferait très vite jouir.

Leur mariée envoûtée

« C'est bien, il est en place, dit Cross. Quand Rhys le retirera, tu vas jouir si fort. »

Olivia était toujours très réceptive et avec trois hommes pour s'occuper d'elle, elle serait bien vite satisfaite. Avec cet objectif en tête, je plongeai mes doigts dans sa chatte et la trouvai trempée. « Elle adore ça, » dis-je aux autres et Olivia remua ses hanches.

« S'il te plaît, » supplia-t-elle.

Je souris, ravi qu'elle apprécie les caresses de ses hommes.

« Tu es prête à jouir, mon amour ? » Je la masturbai en m'assurant que mon pouce frottait contre son clitoris chaque fois que je bougeais.

« Oh, oh mon Dieu. J'ai besoin de… je…

— On sait bien de quoi tu as besoin, » dit Cross. Je vis ses doigts pincer son téton et le tirer légèrement.

Elle soupira et sa chatte se crispa autour de mes doigts. Elle me montrait à nouveau qu'elle aimait mêler son plaisir de douleur.

« Je vais retirer le plug et tu vas jouir.

— Rhys, je… c'est tellement gros, est-ce que ça va… »

Je l'interrompis avant qu'elle termine sa question. « Tu vas jouir, » répétai-je, continuant mes caresses.

Je tirai le plug et la regardai s'étirer autour de la plus grande des boules. Elle bascula la tête en arrière, les yeux écarquillés et hurla. Ses hanches se relevèrent tandis que je tirais à nouveau le plug. Cette fois, la boule sortit plus facilement, mais je savais où la faire frotter pour prolonger son orgasme.

Cross et Simon jouaient avec ses seins pendant qu'elle jouissait – je la masturbais toujours en m'attardant contre son clitoris et je tirai une fois encore. Le plug était toujours plus facile à retirer.

« Rhys, je… c'est trop, je… oh c'est tellement bon, » haleta-t-elle.

Après un dernier effort, le plug sortit complètement, mais Olivia était encore en plein orgasme. Je m'éloignai d'elle et elle se retrouva complètement délaissée. Cross la souleva pour la porter dans sa chambre. Quand il la plaça sur le lit, elle s'affala, toujours sous les effets de son plaisir. Elle était si belle comme ça et ma bite n'en pouvait plus d'attendre, d'attendre de lui faire ça. C'était tellement enivrant de pouvoir utiliser notre force pour faire du bien.

Mes couilles se crispaient et me faisaient mal. Elle restait avec une jambe écartée pour que nous puissions voir sa chatte et je me déshabillai, tout comme les autres. Je m'allongeai sur le lit pendant que Simon la soulevait et la plaçait de manière à ce qu'elle me chevauche. Elle plaça ses petites mains contre ma poitrine pour garder l'équilibre et je sentis son excitation recouvrir mon bas-ventre. Ma bite glissa contre sa raie.

« Lève-toi, mon amour. Il faut que je te pénètre. »

Elle se redressa et je plaçai ma queue contre sa chatte glissante. J'agrippai ses hanches et la guidai pour que nous soyons bien positionnés. Sa chatte était chaude, humide, et je savais que j'allais pouvoir m'y enfouir d'un coup. Je levai la tête, elle croisa mon regard et le fixa. Elle releva le menton en bougeant les hanches pour que je la laisse faire. Je me laissai aller et elle s'installa. Ses yeux s'animèrent quand elle me sentit la remplir. Mon ventre se crispa et je soupirai en sentant son minou se contracter autour de ma queue. Une fois assise contre mes cuisses, elle se tint immobile et murmura un simple « Oh. »

Je souris malicieusement, voyant que nous étions parfaitement connectés, mais je ne pouvais pas rester immobile, alors je relevai les hanches pour lui donner coup de rein. « Tous ensemble, mon amour. » Un sourire timide se forma sur ses lèvres. « Viens-là. » Je lui fis signe pour qu'elle

Leur mariée envoûtée

s'approche et qu'elle m'embrasse, et j'en profitai pour lui agripper la nuque.

Cross et Simon s'approchèrent à leur tour. Cross se plaça derrière elle – il allait lui dépuceler le cul – et Simon se mit en position pour qu'elle puisse lui sucer la queue. Je lâchai prise et elle leva la tête pour me regarder dans les yeux.

« Regarde, dis-je en tournant légèrement la tête pour lui montrer le sexe de Simon juste à côté de son épaule. Simon a besoin de toi. »

Elle se lécha les lèvres et se tourna vers lui. Elle passa sa langue contre son gland et essuya le liquide clair qui perlait déjà à l'extrémité.

« C'est bien, mon ange, ouvre grand pour tout prendre. J'ai hâte de sentir ta bouche autour de ma queue, de sentir tes gémissements contre mon chibre. Je vais te prendre la bouche.

— Elle mouille encore plus, » commentai-je en me glissant un peu plus profondément et je crus que j'allais défaillir. « Cross, prends-lui le cul et rejoins-nous. Je ne sais pas combien de temps je pourrai tenir le coup. »

18

La grosse bite de Rhys était au fond de ma chatte et celle de Simon dans ma bouche grande ouverte. Je voulais leur faire plaisir à tous, et pourtant c'étaient eux qui me faisaient plaisir. Rhys savait comment me faire jouir avec sa queue, mais il se retenait pendant que je suçais volontiers Simon, essayant de lui faire du bien et de lui arracher son foutre, pressée de l'avaler. Je voulais qu'ils se perdent dans leur plaisir, qu'ils oublient leurs corps et tous leurs soucis. Quand ses doigts s'emmêlèrent dans mes cheveux et qu'il tira, une forte exaltation me traversa.

« Je suis bien lubrifié, mon amour et vais glisser sans mal dans ton cul délicieux, » murmura Cross, la main sur ma hanche, le gland collé contre mon trou du cul. Sa queue était plus grosse que les plugs de Rhys, mais il me pénétra sans aucune difficulté. « Dieu, qu'elle est serrée. »

J'étais heureuse de sentir les bites de Cross et Rhys en

Leur mariée envoûtée

moi. Ils me procuraient des sensations que je n'avais ressenties auparavant. Rhys restait immobile alors que Cross commençait des va-et-vient et je ne pus m'empêcher de gémir. Le bonheur absolu de sa queue frottant contre les endroits qu'avait massé le plug m'amenait au bord de l'orgasme. C'était une sensation différente, une sensation incroyable et j'en voulais plus. J'étais proche du plaisir ultime, mais j'avais aussi besoin de Rhys.

« Quoi que tu aies fait, Cross, refais-le. Elle a adoré ça et elle a pris ma bite encore plus profondément. Bon Dieu, regarde comme on te baise, mon cœur. » De sa position, Simon pouvait sans doute voir comment tout le monde me baisait.

Je sentis Cross presser ses hanches contre mes fesses.

J'étais heureuse, incroyablement heureuse. Je ne pouvais pas être plus satisfaite.

« On va remuer, mon amour, » dit Rhys alors que Cross se retirait presque complètement. « tu vas pouvoir jouir. Encore et encore. Profite de nous. »

Je criai quand Cross me pénétra et que Rhys se retira un peu. Ils alternaient d'avant en arrière, me baisant chacun à leur rythme. J'étais officiellement, complètement et totalement à eux. Il n'y avait rien entre nous, personne pour nous séparer. Nous étions unis et j'étais le lien qui scellait cette union. Ni M. Peters, ni mon oncle ni personne n'aurait pu nous séparer. Comme Rhys l'avait dit, je ne pouvais rien faire d'autre que profiter de toutes ces sensations et je me perdis dans les caresses de mes hommes, complètement. La peau me picotait, mon corps était chaud, la sueur coulait sur mon front. Ma chatte et mon cul se crispaient autour de leurs bites qui me remplissaient. Encore une petit effort et je me sentis passer par-dessus bord, poussée par trois hommes forts dans un abîme de plaisir sans fin. Mes muscles se contractaient autour de la bite de Rhys, je me serrais fermement contre Cross à chaque poussée et cela augmentait encore mon plaisir. Je ne pouvais pas crier, ma bouche était pleine de la grosse queue de Simon. Je me régalais, je me perdais, mais je savais que je n'avais rien à craindre, car mes hommes étaient là pour m'attraper. Ils seraient toujours là, toujours en train de me prendre.

Les doigts de Simon se crispèrent dans mes cheveux et je sus qu'il était sur le point de jouir. Je fis glisser ma langue de haut en bas, puis contre le pourtour de son gland. « Oui, c'est bien, mon cœur, » grogna-t-il alors qu'il tendait ses hanches en avant et que je sentais son foutre chaud contre ma langue, un foutre salé qui avait le goût de Simon. Giclée après giclée, il me remplit la bouche et j'avalai tout. Ses doigts lâchèrent mes cheveux et il se retira lentement de ma bouche en soupirant d'aise.

La bouche vide, je pouvais tourner la tête et jeter un coup d'œil sur Cross, puis sur Rhys. Mon plaisir me brouillait la vue et me détendait les muscles. Les deux hommes, cependant, semblaient concentrés et determinés. Visiblement, leur plaisir était à portée de reins et ils utilisaient mes trous serrés pour jouir. Je n'y voyais aucun inconvénient, car ils m'avaient tous les trois faite jouir. Et je n'étais pas égoïste. Tandis qu'ils continuaient à me baiser, à un rythme toujours plus intense, mon plaisir, qui n'avait pas complètement disparu, revint à la vie, à la manière d'une braise sous une forte rafale de vent. J'étais de nouveau en feu, mais cette fois, je pouvais leur dire ce que je ressentais.

« C'est ... oh, c'est tellement. Je suis comblée et je vais ... je vais encore jouir ! »

Je me basculai en arrière et me cambrai, mes muscles se contractant tandis qu'un cri me restait dans la gorge.

Rhys donna un dernier coup de rein, grogna, et je sentis que sa semence me remplissait. Cross suivit rapidement avec un cri, les deux bites enfouies au plus profond de moi. Je ne pouvais rien faire d'autre que m'effondrer contre le torse robuste de Rhys et je pus sentir les battements frénétiques de son cœur.

Cross se dégagea lentement de moi et Rhys fit de même. Je sentis le foutre des deux hommes couler le long de mes cuisses. J'avais mal, mais je savais que j'avais été bien baisée. J'avais eu la chance de ne pas avoir un seul homme, pas deux, mais trois qui me désiraient, qui avaient besoin de moi et qui voulaient me posséder vraiment.

Le tonnerre gronda, se rapprochant, la pluie battait toujours sur le toit. Dans un état second, je ne m'intéressais plus à tous ces détails. Rien n'existait en dehors des bras de ces trois hommes.

« J'aime voir ta chatte comme ça, dit Cross, son doigt caressant doucement ma chair tendre et gonflée.

— On t'a comblée, chérie, dit Rhys, sa main caressant mes cheveux.

— On t'a fait un bébé, mon cœur. On ne saura pas si c'était tout de suite ou plus tôt dans la semaine, mais j'ai hâte de voir ton ventre grossir, de voir une belle petite fille aux cheveux noirs contre ta poitrine. »

L'idée d'avoir un bébé avec eux me réchauffait l'âme. M'avaient-ils remplie de suffisamment de foutre pour faire un bébé ? L'autorité de Simon me faisait y croire.

« Comment ton oncle appelle ça, quand tu sais que tu as rencontré la bonne personne ?

— Un coup de foudre, » murmurai-je.

Rhys me fit rouler sur le dos et trois hommes se dressèrent au-dessus de moi, leurs regards balayant mon corps. J'étais épuisée, mais cela ne me dérangeait pas du tout.

Les yeux sombres de Rhys fixaient les miens et un éclat s'y refléta, suivi quelques secondes plus tard par un coup de tonnerre. « La foudre, » répéta-t-il.

Je souris, car il avait raison. C'était comme si nous étions destinés les uns aux autres.

« Non, pas juste la foudre. Mais l'amour aussi, » dit Simon, ses yeux sombres et intenses parcourant mon corps, puis rencontrant les miens. « C'est l'amour. »

Cross acquiesça. « Foudre et amour. »

Ils avaient raison. C'était la foudre et l'amour.

OBTENEZ UN LIVRE GRATUIT !

Abonnez-vous à ma liste de diffusion pour être le premier à connaître les nouveautés, les livres gratuits, les promotions et autres informations de l'auteur.

livresromance.com

CONTACTER VANESSA VALE

Vous pouvez contacter Vanessa Vale via son site internet, sa page Facebook, son compte Instagram, et son profil Goodreads via les liens suivants :

Abonnez-vous à ma liste de lecteurs VIP français ici :
livresromance.com
Web :
https://vanessavaleauthor.com
Facebook :
https://www.facebook.com/vanessavaleauthor/
Instagram :
https://instagram.com/vanessa_vale_author
Goodreads :
https://www.goodreads.com/author/show/9835889.Vanessa_Vale

À PROPOS DE L'AUTEUR

Vanessa Vale vit aux États-Unis et elle est l'auteur de plus de 60 best-sellers romantiques et sexy, dont notamment sa populaire série de romans historiques Bridgewater et ses romances contemporaines érotiques mettant en vedette de mauvais garçons qui n'ont pas peur de dévoiler leurs sentiments. Quand elle n'écrit pas, Vanessa savoure la folie que constitue le fait d'élever deux garçons et tout en essayant de chercher à savoir combien de repas elle peut préparer avec une cocotte-minute. Même si elle n'est pas aussi experte en réseaux sociaux que ses enfants, elle aime interagir avec les lecteurs.

Tous les livres en Français:

https://vanessavaleauthor.com/book-categories/francais/

www.ingramcontent.com/pod-product-compliance
Lightning Source LLC
LaVergne TN
LVHW011836060526
838200LV00053B/4050